Kyeong-ho Lee

Jeune orphelin, il a passé un pacte avec Sierra et obtenu des tickets qui lui permettent d'invoquer l'esprit des morts. En échange, il n'a plus qu'un an à vivre pour retrouver celui de sa mère.

Sierra

Cet ange de la mort porte un intérêt particulier à Kyeong-ho qu'elle a sauvé de la noyade pour lui proposer un pacte. Ses véritables intentions sont un mystère.

Chae-yeon Han

Héritière du groupe Sian, elle peut voir les esprits, mais n'a jamais eu l'occasion de découvrir le monde à cause d'une organisation criminelle qui l'a prise pour cible.

Shane

Un mystérieux garde du corps étranger, aussi peu bavard qu'efficace.

Beom Choi

Artiste martial et héritier du Cheonmudo, il a affronté Kyeong-ho lors de l'examen de recrutement des gardes du corps du groupe Sian.

Tae-yeob Han

PDG du groupe Sian et père de Chae-yeon, il adore sa fille et la protège des ravisseurs qui s'en prennent à elle depuis son enfance.

Ji-seok Lee

Chef de l'équipe de sécurité de Chae-yeon, il impose une discipline de fer à ses hommes.

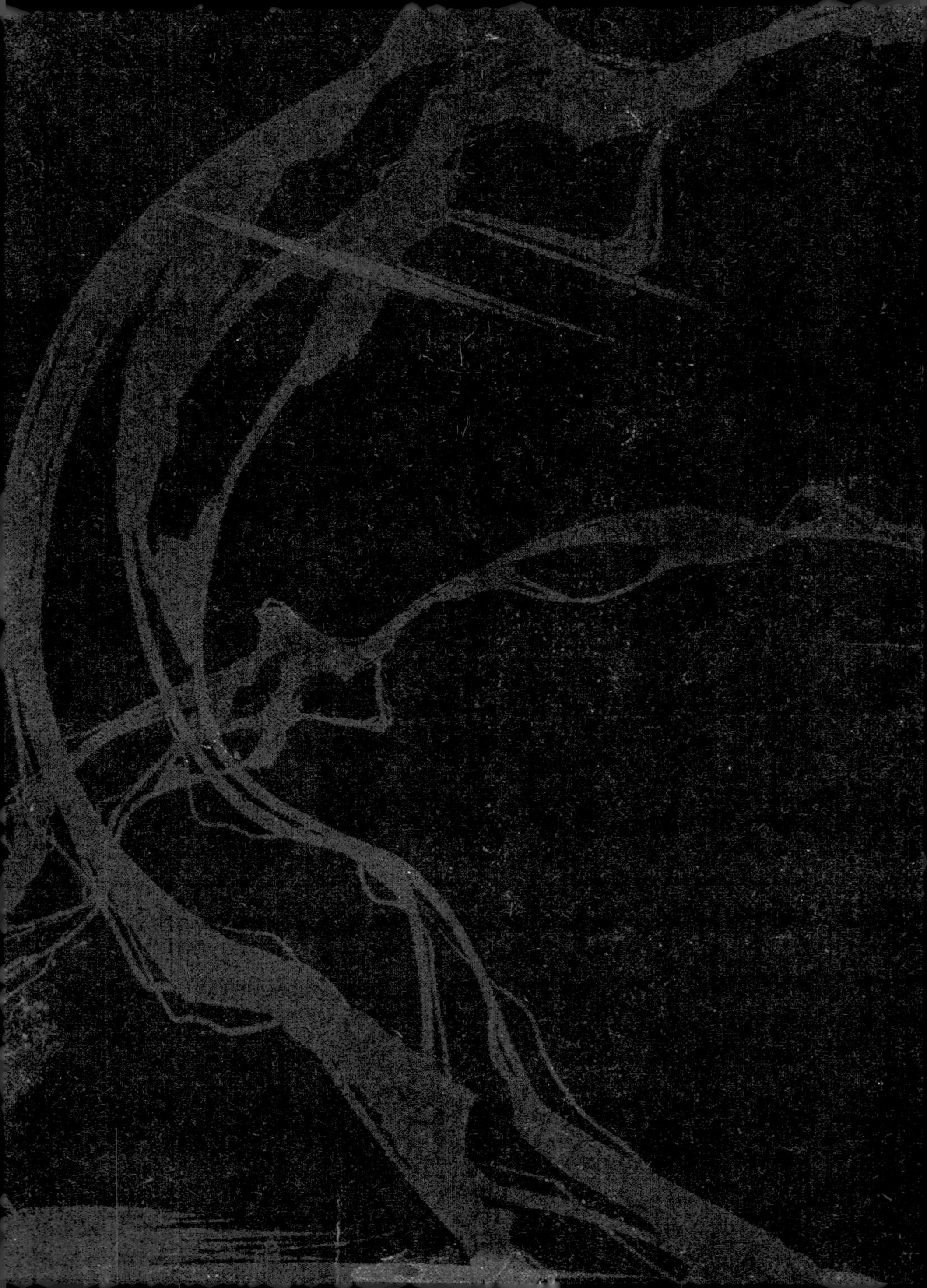

SOMMAIRE

ATTENDS…
MON CŒUR N'EST
PAS ENCORE…
TCHAC
CLAC
QU… QUOI ?

OÙ EST MADEMOISELLE ?
P... PARDON ?
AH !
ELLE M'A ASPERGÉ AVEC UN SPRAY BIZARRE ET S'EST ENFUIE !
QUOI ?!
JE ME DISAIS BIEN QUE QUELQUE CHOSE CLOCHAIT EN NE VOUS VOYANT PAS REVENIR APRÈS 20 MINUTES.
ICI JI-SEOK LEE, MADEMOISELLE A DISPARU.
COMMENCEZ PAR FOUILLER LA MAISON.
C'EST MA FAUTE ?

CRIIC
MADEMOISELLE ?
MADEMOISELLE, VOUS NE POUVEZ PAS NOUS FAIRE CE GENRE DE BLAGUE.
!!

CHEF, IL SEMBLERAIT QUE MADEMOISELLE SE SOIT ÉVADÉE PAR UN TROU DANS LE MUR.
HAA… RASSEMBLEZ-VOUS TOUS DANS LE JARDIN.
CLAC

지이잉
BRRRRR
13 – La recherche
NOUVEAU MESSAGE
ANNULER
DESTINATAIRE :
GARDE DU CORPS A
CHAE-YEON HAN A RÉUSSI À SEMER LES GARDES DU CORPS ET S'EST ENFUIE DE LA MAISON.
ZIEUT
씨익
UH UH
CHAE-YEON S'EST ENFUIE ?

!
TANT DE GARDES DU CORPS...
PAR MA FAUTE, MADEMOISELLE S'EST ENFUIE.
LA FUGUE REMONTE APPROXIMATIVEMENT À 20-30 MINUTES.
RECHERCHEZ EN PRIORITÉ LES ENDROITS OÙ ELLE SE REND EN TEMPS NORMAL.

JE VAIS AFFECTER UNE ZONE À CHAQUE CHEF D'ÉQUIPE.
QUE LES AUTRES COMMENCENT LES RECHERCHES IMMÉDIATEMENT !
ALLEZ-Y !
ZWIF
ZWIF
MINCE...
EXCUSEZ-MOI...
COMME JE SUIS RESPONSABLE...
QUE DOIS-JE FAIRE ? QU'EST-CE QUE JE PEUX FAIRE ?
JE T'AI DÉJÀ DIT QUE TU N'ES PAS ENCORE UN GARDE DU CORPS, PAS VRAI ?
ET APRÈS TON ERREUR, TU DEVRAIS FAIRE PROFIL BAS, LE BLEU.
QUAND ON AURA RETROUVÉ MADEMOISELLE, TU SERAS LE PREMIER À MOURIR.
ICI JI-SEOK LEE...
FOUILLEZ L'ENTRÉE PRINCIPALE JUSQU'AU CENTRE-VILLE ELLE POURRAIT S'Y CACHER, ALORS RESTEZ VIGILANTS.
J'AI VRAIMENT FAIT UNE GROSSE ERREUR...

JE VOUDRAIS AIDER MAIS JE NE CONNAIS MÊME PAS LES LIEUX QU'ELLE A L'HABITUDE DE FRÉQUENTER...
SI JE ME LANCE À L'AVEUGLE, JE VAIS SÛREMENT LES DÉRANGER...
HA... J'AI VRAIMENT FAIT UNE ÉNORME ERREUR...
QU'EST-CE QUE JE FAIS S'IL LUI ARRIVE QUELQUE CHOSE ?
CRRR
QUEL INTÉRÊT D'AVOIR DES CAPACITÉS GRÂCE AU MARCHÉ DES ENFERS SI JE NE PEUX RIEN FAIRE...
DÈS MON ARRIVÉE JE CRÉE DES PROBLÈMES...

...
ATTENDS...
JE PEUX LA TROUVER EN PREMIER !
BLOC A
GRAND PRIX
COMPETITION NATIONALE DE JUDO 2002
16-17.6.2002

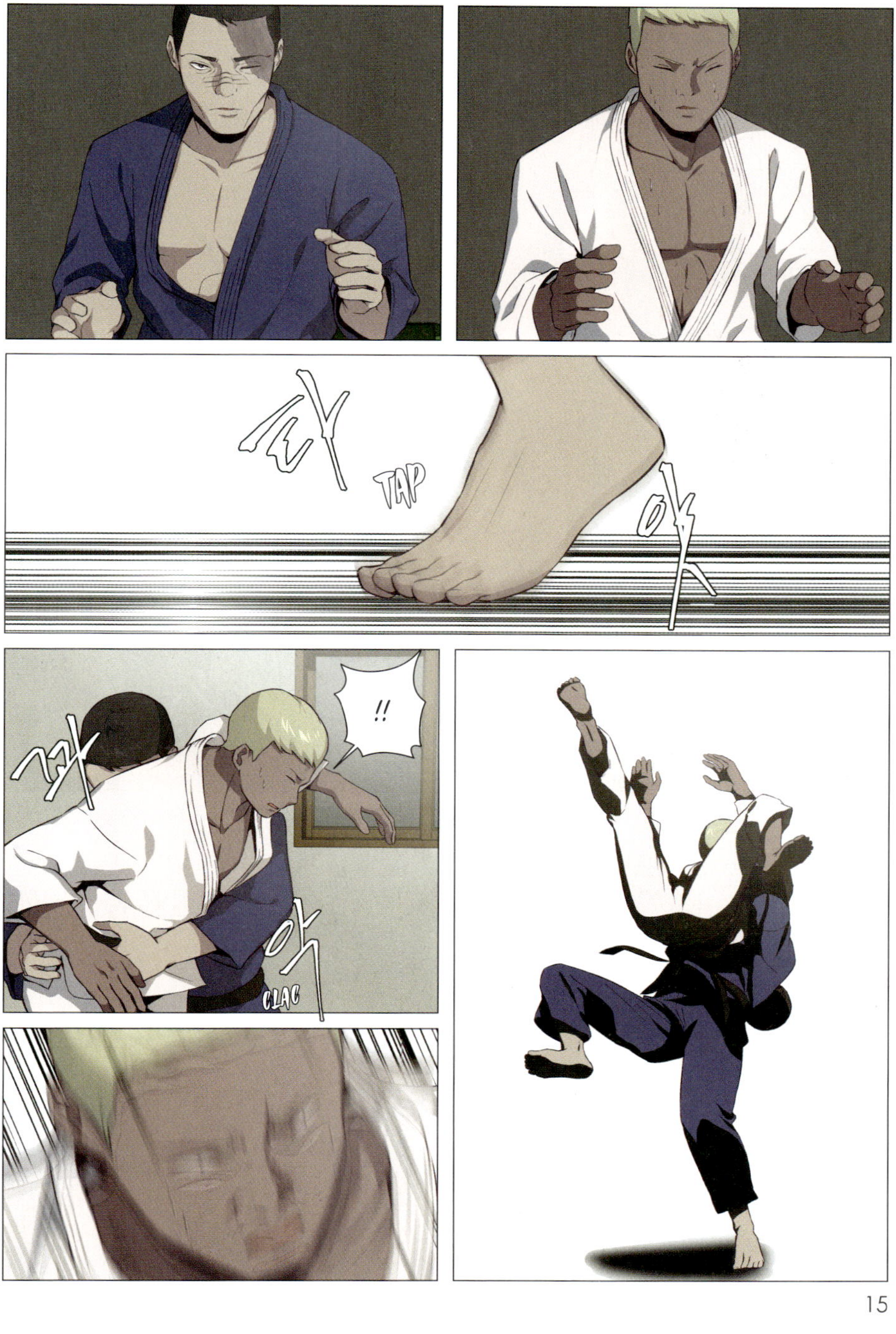

탁
TAP
와
!!
꽉
악
CLAC

OUAH !
BAAM
DÉBARRASSE-MOI DE ÇA.
VRSH
SUIVANT.
NE... NE ME TUEZ PAS.
BRRP
SI VOUS ME DONNEZ ENCORE UNE CHANCE, JE N'ÉCHOUERAI PAS...
TOC

DU BÉTON !
BAAAM
CRAAC

AAAAAH !
AAAAAH !
C'EST SI BRUYANT QUAND ILS NE PERDENT PAS CONNAISSANCE.
BRRRR
JONG-JIN JEONG (CLIENT)
ENFIN IL APPELLE.
ALL…
AAAAAH !
PAF
POUF

ALLÔ ?
CHAE-YEON S'EST ENFUIE IL Y A ENVIRON UNE HEURE.
PRÉPAREZ-VOUS POUR L'OPÉRATION.
OUI ?
OÙ ?
DÈS QUE JE TROUVE LE LIEU, JE VOUS RECONTACTE.
ENTENDU.
LES GARS.
PRÉPAREZ-VOUS À PARTIR.

VOUS EN ÊTES OÙ CONCERNANT LE RESTAURANT ET LE CINÉMA GGV ?
ICI YOUNG-WAN PARK, MADEMOISELLE N'A ÉTÉ APERÇUE DANS AUCUN DE CES LIEUX.
BIEN REÇU...
CES TEMPS-CI JE VOIS BEAUCOUP PLUS DE GENS QUI SUIVENT MADEMOISELLE QU'AVANT.
OÙ EST-ELLE PARTIE ?
YOYOY
HAAAAAAA
ON N'A FOUILLÉ QU'UN QUART DE LA ZONE...
C'EST DANGEREUX POUR ELLE DE RESTER SEULE PENDANT UNE À DEUX HEURES !
JE COMPRENDS QUE LE PRÉSIDENT AIT ENVIE DE LUI CACHER L'AFFAIRE DU KIDNAPPING...
MAIS IL DEVRAIT LUI DIRE AVANT QUE LA SITUATION N'EMPIRE.
ICI JI-SEOK LEE, MESSAGE À TOUT LE PERSONNEL.
JE VOUS DEMANDE DE VOUS DÉPLACER RAPIDEMENT CAR LA SITUATION PEUT DEVENIR CRITIQUE.

JE VOUS REDONNE LES LIEUX QU'ELLE FRÉQUENTE HABITUELLEMENT.
LE CAFÉ HELLO KINI-KINI, LE PARC À THÈME PANG-PANG, L'ANIMALERIE LE CHAT QUI RÊVE, LE CAFÉ GONGSOON...
INTÉRI
LE CENTRE DE PROTECTION DES CHIENS ERRANTS, LE RESTAURANT FAMILIAL, LE CINÉMA GGV.
RESTAURANT FAMILIAL
CINÉMA GGV
LE CHAT QUI RÊVE
FAITES VITE... SHRIIIIC... AVANT QUE CES TYPES ARRIVENT... SHRIII... SHRIIIIC...
VOLUME
SQUELCH
39
SI VOUS VOYEZ... PRÈS DE MADEMOISELLE... SHRIIC... SUSPECT... SHRIIIC... NEUTRALISEZ-LE IMMÉDIATEMENT ! SHRIIIIIIIIIIIC...

타다다닥
TA TA TA TAC
TA TA TA TAC
타다다닥
REC
CAMÉRA 7
KARAOKÉ
REC
CAMÉRA 3
HÉ HÉ!
씨익
REC
CAMÉRA 13
CAMÉRA 13.
REC
CAMÉRA 13
JE L'AI TROUVÉE.

IL FAUT LA RETROUVER AU PLUS VITE...
NOUS CONNAISSONS PRESQUE TOUS LES LIEUX QU'ELLE APPRÉCIE...
CELA DEVRAIT NOUS PERMETTRE DE LA TROUVER AU PLUS VITE...
ICI JI-SEOK LEE, VOUS L'AVEZ TROUVÉE ?
CHEF D'ÉQUIPE JI-SEOK LEE ! ICI JI-HWAN LEE...
?!
NOUS AVONS FOUILLÉ DANS TOUS LES MAGASINS, MAIS PERSONNE NE L'A VUE.

DÉJÀ TROIS HEURES QU'ELLE A DISPARU.
BON SANG !
C'EST VRAIMENT DANGEREUX QU'ELLE SE PROMÈNE SANS GARDE DU CORPS.
J'ESPÈRE QU'ELLE VA BIEN...
CLAAC
NE PENSONS PAS AU PIRE.
MADEMOISELLE VA BIEN, NOUS DEVONS SIMPLEMENT LA RETROUVER LE PLUS RAPIDEMENT POSSIBLE.

BRRRRRR
UN NUMÉRO INCONNU QUI M'ENVOIE UNE PHOTO ?
!!
CETTE PHOTO !
J'AI ENVOYÉ LA PHOTO...

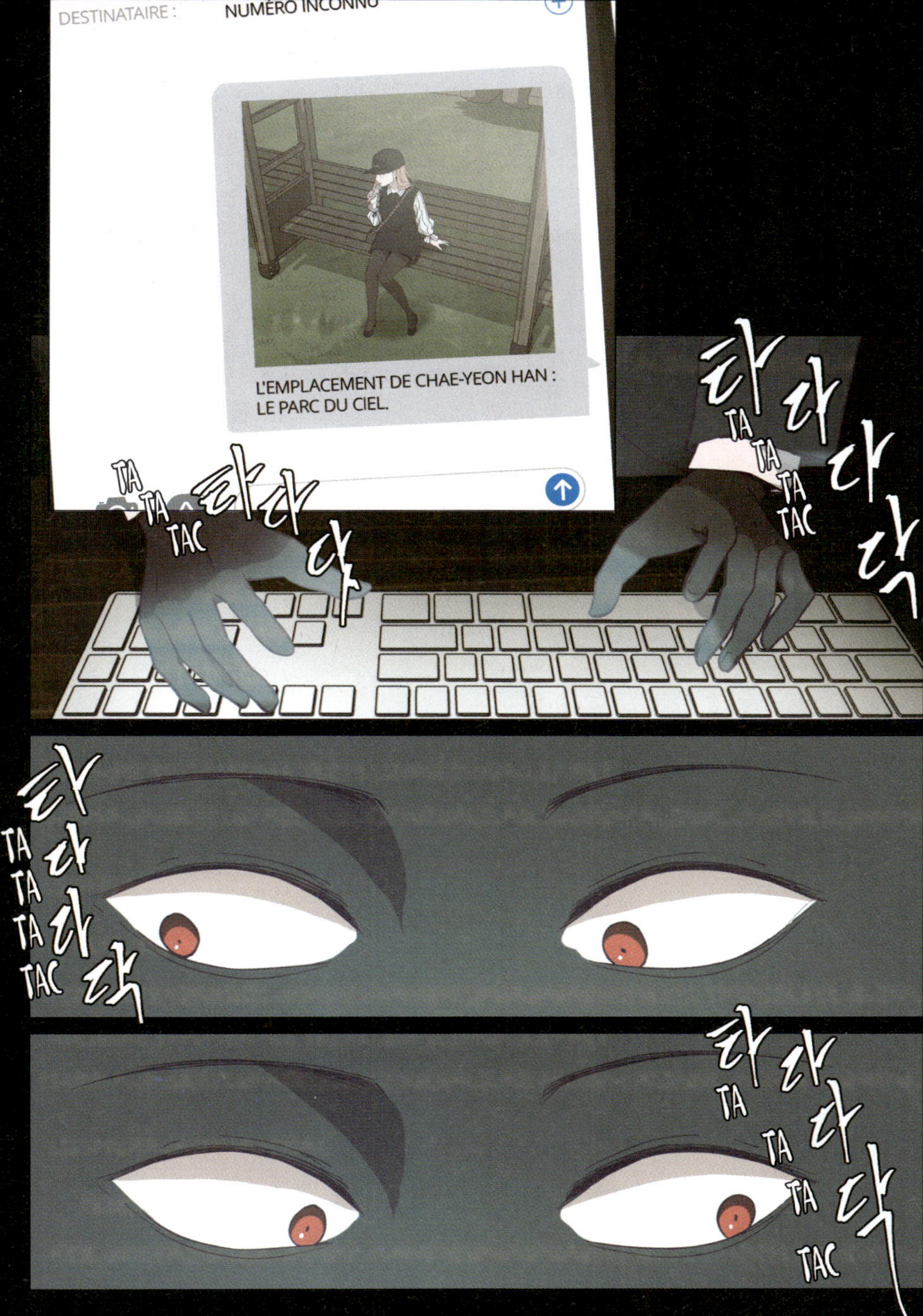
DESTINATAIRE : NUMÉRO INCONNU
L'EMPLACEMENT DE CHAE-YEON HAN :
LE PARC DU CIEL.
타 TA 다 TA 다 TA 닥 TAC
타 TA 다 TA 다 TA 닥 TAC
타 TA 다 TA 다 TA 닥 TAC
타 TA 다 TA 다 TA 닥 TAC

FBI
AGENT DE
CYBERSÉCURITÉ
1977-2013
AUSTIN CHAPMAN
타 TA 다 TA 다 TA 닥 TAC
BIEN, COMME JE M'EN DOUTAIS, PARCOURIR LA LISTE DES LIEUX CONNUS ÉTAIT PLUS RAPIDE.
JE PEUX LES AIDER EN LEUR DONNANT LES INFORMATIONS.
ELLE A ÉTÉ PRISE PAR LES CAMÉRAS DE SURVEILLANCE ? MAIS... QUI A BIEN PU L'ENVOYER ?
LES KIDNAPPEURS ? NON.
CE NE SONT PAS NON PLUS NOS HOMMES.
JE DÉCOUVRIRAI ÇA PLUS TARD.
D'ABORD, JE DOIS PRÉVENIR LES AUTRES !
ICI JI-SEOK LEE ! MESSAGE À TOUT LE PERSONNEL !
MADEMOISELLE...

SE TROUVE AU PARC DU CIEL.

LE PARC
DU CIEL...
TAP
TAP
CLAC
TAP
TAP
CLAC

VROOOOUM
QUE TOUT LE MONDE S'Y RENDE.
FAITES-MOI UN RAPPORT EN FONCTION DE VOTRE ORDRE D'ARRIVÉE.
COMPRIS !
14 – OPÉRATION DE SAUVETAGE (1)
CUI-CUI
CUI-CUI
TU NE LE SAIS PAS MAIS L'ÂME DE TA MÈRE EST EN TRAIN DE TOURNOYER AVEC NOUS.
ELLE S'INQUIÉTAIT TELLEMENT POUR TOI.

UNE BONNE CHOSE DE FAITE.
JE VAIS M'ACHETER UNE DERNIÈRE GLACE AVANT DE RENTRER.
TAP

끄덕
FWIP
CIBLE IDENTIFIÉE.

타
TA 닥
TA 타
TA 닥
TAC
REC
CAMÉRA 18
!!
C'EST QUI CEUX-LÀ ?!
OÙ SONT LES GARDES...
CAPITAINE JI-SEOK LEE, ICI HYEOK-MIN CHO, UN CONTRÔLE ROUTIER CRÉE DES EMBOUTEILLAGES.

LA ROUTE EST BLOQUÉE ?
DEUX PERSONNES SUIVENT CHAE-YEON !
MINCE...
ÇA VA PAS LE FAIRE !
SHTAC
TAC
BAM

빠앙
TÛTÛT
빠앙
TÛTÛÛÛÛT
POURQUOI Y A-T-IL AUTANT D'EMBOUTEILLAGES ?
벌컥
CLAC
JE VAIS VÉRIFIER.
IL FALLAIT QU'ON SE RETROUVE COINCÉS MAINTENANT.
S'IL VOUS PLAÎT, LAISSEZ-MOI PASSER.
IL Y A 7 KILOMÈTRES JUSQU'AU PARC DU CIEL...
SI J'ARRIVE À SORTIR D'ICI, JE POURRAI Y ÊTRE EN 10 MINUTES.

IL NE FAUT PAS QUE MADEMOISELLE QUITTE LE PARC...
TOC
TOC
CAPITAINE, J'AI VU LA SITUATION.
BIEN, POURQUOI LES VOITURES SE SONT-ELLES ARRÊTÉES SOUDAINEMENT ? QUEL EST LE PROBLÈME ?
EN FAIT...
IL Y A UN ACCIDENT AU MILIEU DE LA ROUTE, CE QUI ENTRAÎNE DE SÉRIEUX EMBOUTEILLAGES...
QUOI ?!
ET L'ÉQUIPE QUI PASSE PAR L'AUTRE CÔTÉ ?!
IL Y A EU AUSSI UN ACCIDENT, AU MILIEU DU CARREFOUR.

DEUX ACCIDENTS EN MÊME TEMPS ?
C'EST...
DRIIIING
?
ZIEUT
QUOI, ENCORE UN NUMÉRO INCONNU ?
BORDEL DE MERDE...
STINATAIRE : NUMÉRO INCONNU
DEUX HOMMES SONT EN TRAIN DE SUIVRE CHAE-YEON HAN.

HÉHÉHÉ !
BEAUTY
HOP
D'HABITUDE JE N'AI PAS LE DROIT DE MANGER PLUS DE DEUX BOULES PARCE QUE C'EST MAUVAIS POUR LA SANTÉ, MAIS...
J'EN AI PRIS 3 !
BON APPÉTIT !

바둥
FRSHH
HMMMM !
FRSHH
바둥
HMMMMM !

쾅아앙
BAAAAM
QUOI ?!
RETROUVEZ-LA IMMÉDIATEMENT ! BANDE D'IMBÉCILES !
S'IL ARRIVE QUOI QUE CE SOIT À CHAE-YEON, VOUS SEREZ TOUS VIRÉS, COMPRIS ?!

빠 앙
TÛT
빠 앙
TÛTÛT
빠 앙
TÛTÛT
TÛTÛT
빠 앙
TÛTÛT
빠 앙
C'EST JUSTE SOUS NOTRE NEZ MAIS ÇA PREND 2 HEURES ?!
DOHO VILLA
CS JAEIL
DISTANCE : 7 KM
DURÉE ESTIMÉE : 2 HEURES
MÊME LE GPS DEVIENT FOU !
BON SANG !
C'EST DÉFINITIVEMENT LE GARS QUE J'AVAIS POURCHASSÉ !
COMMENT A-T-IL PU SAVOIR ?!

ICI JI-SEOK LEE, C'EST TOUJOURS BOUCHÉ DE VOTRE CÔTÉ ?
OUI, TOUJOURS ! LA ROUTE EST SÉVÈREMENT CONTRÔLÉE.
LES ÉQUIPES 3, 4 ET 5 SONT BLOQUÉES SUR LA MÊME ROUTE !
AAAAAAAAAH !
TÛÛ
ÛÛT
ALLEZ, AVANCE !
VIIOU

PAPA, TON VÉLO EST PLUS RAPIDE QU'UN LIÈVRE !
HAHA, VRAIMENT ? PAPA EST UN PRO DU VÉLO !
VIOUU
PAPA !! REGARDE !!
IL VA VITE, COMME UN GUÉPARD !
PAS VRAI, PAS VRAI ?
OUI, CE DOIT ÊTRE UN ATHLÈTE.
VRRR
VRRR
VRRR

HEURE D'ARRIVÉE ESTIMÉE...
5 MINUTES !

부웅
TÛÛÛÛT
AH… ÇA ME REND DINGUE.
JE VOULAIS JUSTE UN BOULOT POUR ME FAIRE DE L'ARGENT…
J'AURAIS PEUT-ÊTRE PAS DÛ ACCEPTER ÇA ?
ÇA N'A PAS UN PEU TROP PRIS D'AMPLEUR ?
HÉ… ON NE VA PAS SE FAIRE PRENDRE, PAS VRAI ?
C'EST PRESQUE FINI, ALORS FERME-LA ET FAIS CE QU'ON TE DIT.

15 – OPÉRATION DE SAUVETAGE (2)
VOUS ÊTES ENCORE LOIN ?
PARDONNEZ-NOUS.
DRIIIING
IMAGE REÇUE D'UN NUMÉRO INCONNU.
?!
ESTINATAIRE : NUMÉRO INCONNU
QUI A ENVOYÉ ÇA ?!
DEUX HOMMES SONT EN TRAIN DE SUIVRE CHAE-YEON HAN.
SURVEILLEZ TOUTES LES CAMÉRAS DES ALENTOURS !

VRRRRRR
SURVEILLEZ TOUTES LES CAMÉRAS DES ALENTOURS !
ENFIN...
MAINTENANT JE PEUX LES POURSUIVRE SANS CRAINTE.
TA TA TA TAC
TA TA TA TAC

M. LE PRÉSIDENT, NOUS L'AVONS TROUVÉE !
EC
CAMÉRA
ELLE A ÉTÉ ENLEVÉE IL Y A ENVIRON 5 MINUTES.
ILS SONT SORTIS PAR L'ENTRÉE PRINCIPALE ET SE DIRIGENT VERS LE CENTRE COMMERCIAL.
CE… CES…
CES… FUMIERS !
BAAM
PRÉPAREZ LA VOITURE !
JE VAIS LEUR ÉCLATER LE CRÂNE !
NE FAITES PAS ÇA !
M. LE PRÉSIDENT, POUR LE MOMENT, FAITES CONFIANCE À NOS ÉQUIPES.
TU VAS ME LÂCHER ?!
QU'EST-CE QU'ILS FONT ?

EH BIEN... À CAUSE D'UN ACCIDENT LA ROUTE EST BOUCHÉE...
ARRÊTEZ AVEC LES EXCUSES !
CLING
AAAH !
LES COUPABLES SONT SOUS VOTRE NEZ !
NE VOUS DÉFILEZ PAS ET RAMENEZ-MOI CHAE-YEON !

BÂTIMENT LOTTE JOHNSON
DOHO VILLA
CS JAEIL
HO
DISTANCE : 7 KM
DURÉE ESTIMÉE : 2 HEURES
BON SANG... N'Y A-T-IL AUCUNE SOLUTION ?
MAIS CAPITAINE, OÙ ALLEZ-VOUS ?
MÊME EN COURANT ÇA VOUS PRENDRA 40 MINUTES !
IL FAUT TROUVER UNE AUTRE SOLUTION.
CAPITAINE !
TAP
TAP
DES ACCIDENTS À RÉPÉTITION DANS CETTE SITUATION...
TAP
TAP
TAP
C'EST ABSURDE...

끼이익
SHRIIIIIC
?!
FWIP
THE RODY SHOP
UN MAGASIN DE MOTO !

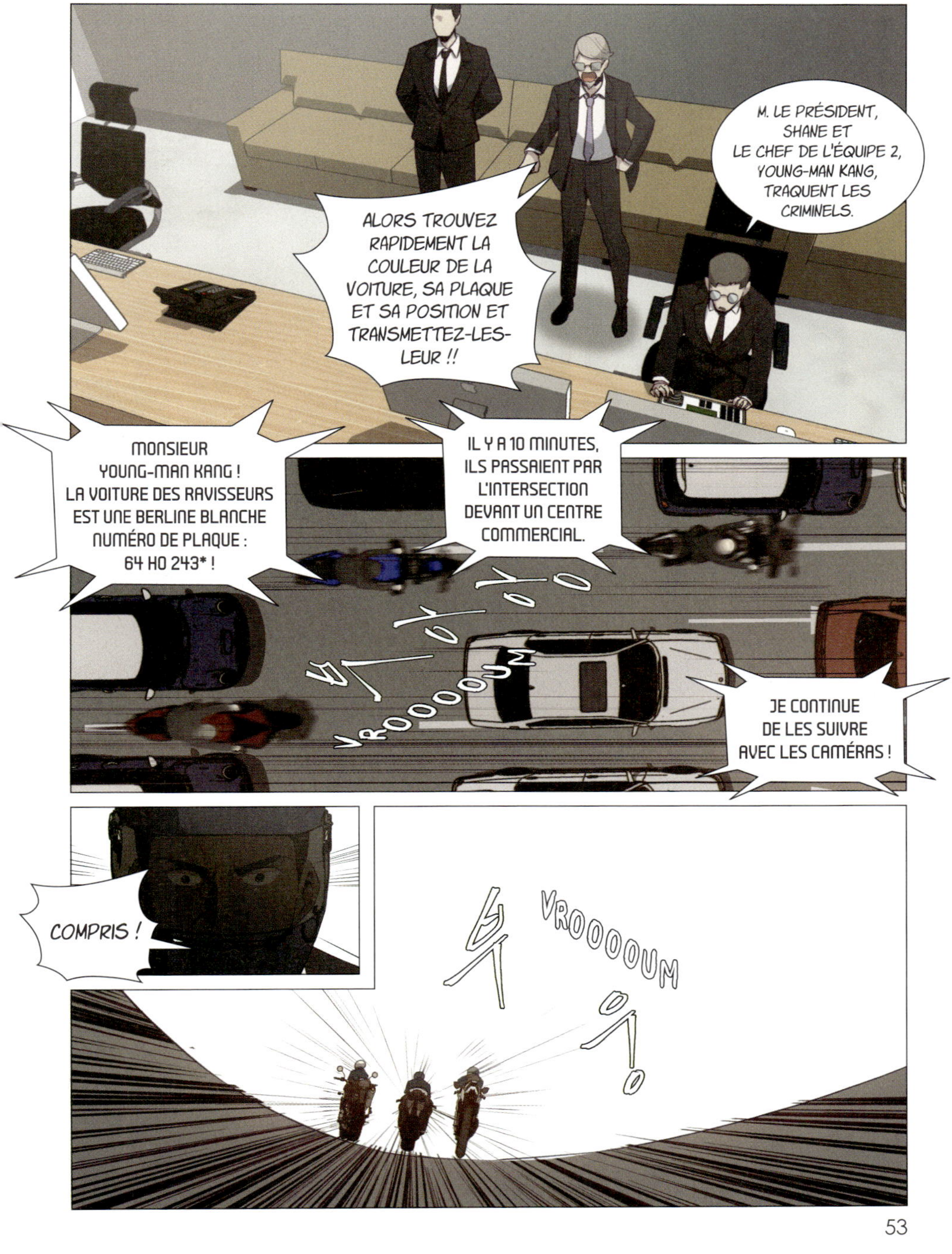
M. LE PRÉSIDENT, SHANE ET LE CHEF DE L'ÉQUIPE 2, YOUNG-MAN KANG, TRAQUENT LES CRIMINELS.
ALORS TROUVEZ RAPIDEMENT LA COULEUR DE LA VOITURE, SA PLAQUE ET SA POSITION ET TRANSMETTEZ-LES-LEUR !!
MONSIEUR YOUNG-MAN KANG ! LA VOITURE DES RAVISSEURS EST UNE BERLINE BLANCHE NUMÉRO DE PLAQUE : 64 HO 243* !
IL Y A 10 MINUTES, ILS PASSAIENT PAR L'INTERSECTION DEVANT UN CENTRE COMMERCIAL.
VROOOOOUM
JE CONTINUE DE LES SUIVRE AVEC LES CAMÉRAS !
COMPRIS !
VROOOOOUM

STATION
ESSENCE
P&P

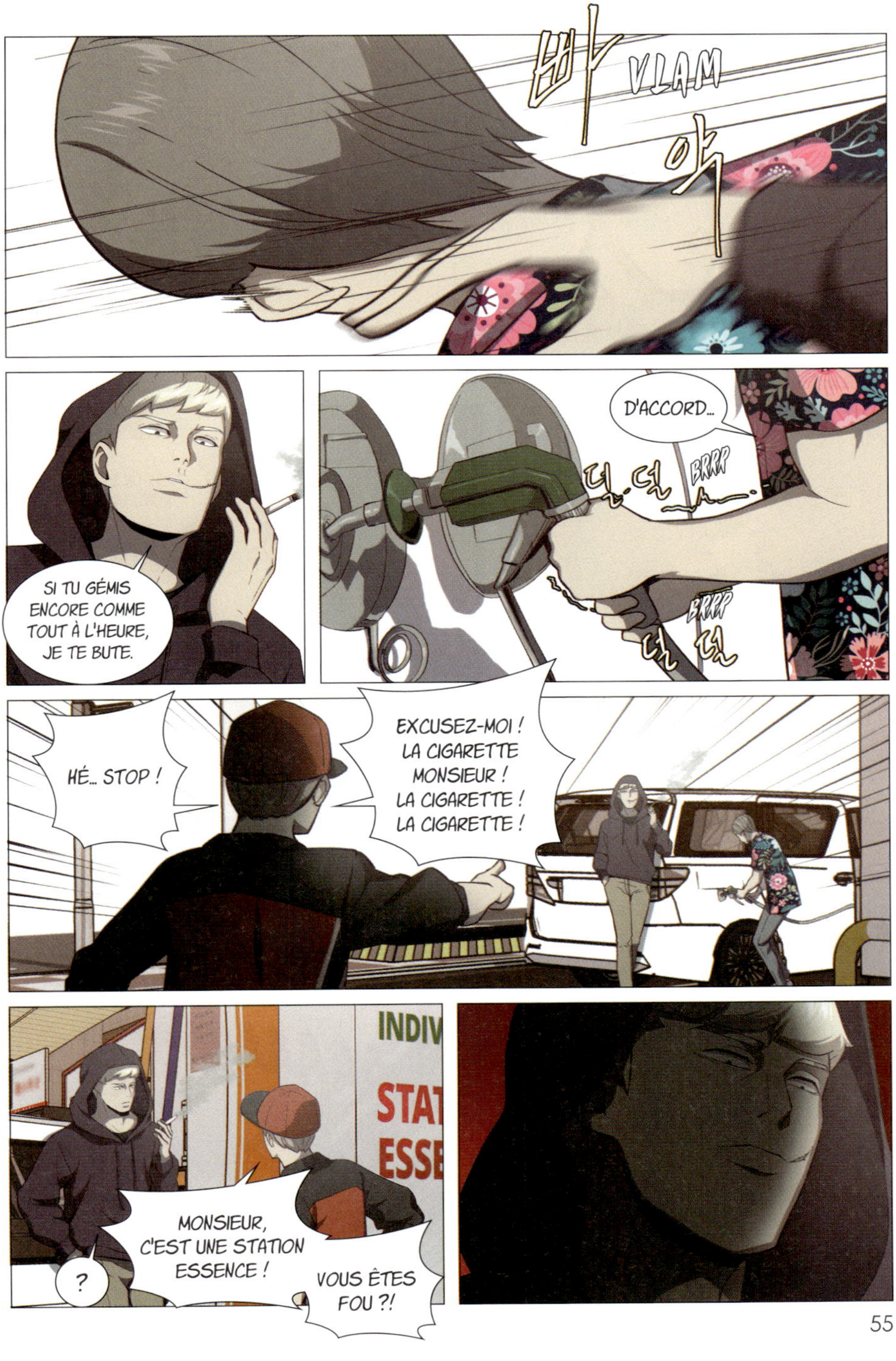

빠
VLAM
악
SI TU GÉMIS ENCORE COMME TOUT À L'HEURE, JE TE BUTE.
D'ACCORD...
덜 덜
BRRP
BRRP
덜 덜
HÉ... STOP !
EXCUSEZ-MOI ! LA CIGARETTE MONSIEUR ! LA CIGARETTE ! LA CIGARETTE !
INDIV
STAT
ESSE
MONSIEUR, C'EST UNE STATION ESSENCE !
VOUS ÊTES FOU ?!
?

꿀꺽
GLOUPS
ÉTEIGNEZ-LA VITE S'IL VOUS PLAÎT, C'EST DANGEREUX !
AH...
C'EST UN ESPACE NON FUMEUR.
SCRISH
HEUREUSEMENT QU'IL L'A ÉTEINTE... IL N'EST PAS SI MÉCHANT.
MERC...
BAAAAAAAM

EUGH
AAAARGH !
TCHAC
S'IL VOUS PLAÎT...
BAAM

VRRR
VRRR
JE SAIS QUE C'EST UNE ZONE NON FUMEUR MAIS POURQUOI T'AS BESOIN DE ME CRIER DESSUS ?
HÉ… MEC, QU'EST-CE QU'ON FAIT SI ÇA DEVIENT GRAVE ?
J'AI PAS DIT QUE J'ALLAIS TE BUTER SI TU RECOMMENÇAIS À GEINDRE ?
GLOUPS
OUI…
AAAARGH !
T'AS QU'À APPELER LA POLICE.
ÇA NE ME FAIT PAS PEUR.

REGARDE, LE PLUS DÉGUEU C'EST QUAND ON N'A...
SCRRR
NI ARGENT, NI POUVOIR.
RESTONS CALME, JE DOIS GARDER MON SANG-FROID.
ON DIRAIT QU'IL N'Y A PERSONNE D'AUTRE.
AVEC LES TROIS DANS LA VOITURE, ILS SONT CINQ AU TOTAL ?
ZIEUT
ELLE EST LÀ !

카
악
FRWIP
퉤
PTEUH
AAAAH...
PARDON PARDON PARDON...
GRÂCE À MOI TU PEUX TE FAIRE DE L'ARGENT, TU DEVRAIS ÊTRE RECONNAISSANT PETIT.
OUI, COMPRIS.
TU VEUX TELLEMENT GAGNER D'ARGENT QUE TU VAS JUSQU'À KIDNAPPER UNE FILLE ?
?

JE SUIS VENU CHERCHER CHAE-YEON HAN.
HEIN ?
C'EST QUI CE MALADE ?
KIDNAPPING, VIOLENCE...
C'EST VOUS LES MALADES.
DIRECTION LE POSTE DE POLICE.
VIENS À MOI !
TCHAK

?
NON...
FWIP
QU... QU'EST-CE QUI SE PASSE ? J'AI DÉCHIRÉ LE TICKET MAIS LE MARCHÉ N'APPARAÎT PAS...
FWIIIP

NE ME DITES PAS...
QUE QUAND JE SUIS DÉJÀ POSSÉDÉ, JE NE PEUX PAS FAIRE APPEL À UNE AUTRE ÂME ?
CHAE-YEON HAN ?
COMMENT TU SAIS ÇA, TOI ?

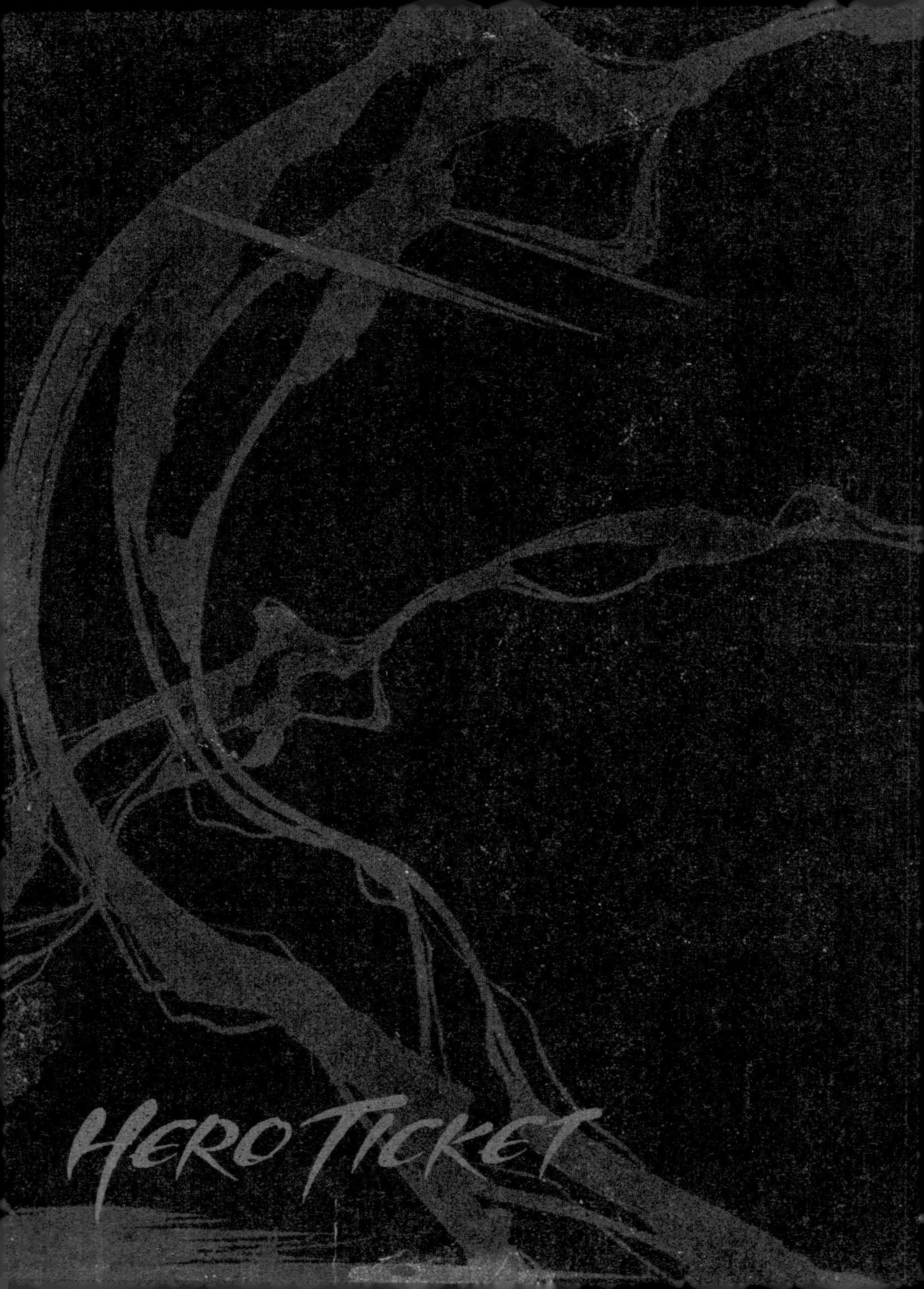
HERO TICKET

Dead
TICKET

BAM
BAM
BAAM
ARGH...
SCRRR

빠악
VLAN
털썩
SBLAF
HAAA...
하아
하아
HAAA...
하아..
HAAA...

TU SERAIS UN GARDE DU CORPS ?
FIOUU
?
SCRRR
BAAAM
LES AUTRES SONT EN TRAIN DE LE TRAQUER.
JE DOIS GAGNER DU TEMPS...
PAR N'IMPORTE QUEL MOYEN !

ON DIRAIT QUE LE MOURANT A ENCORE LA FORCE DE ME TENIR LA JAMBE.
ARGH !
JE ME SUIS BIEN AMUSÉ.
STAT
ESSE
TAP
저벅
TAP
저벅
ALLONS-Y.
VOTRE SEUL MOYEN DE GAGNER DE L'ARGENT C'EST DE KIDNAPPER UNE FILLE ?
ET ÇA NE VOUS SUFFIT PAS, IL FAUT EN PLUS QUE VOUS VOUS LA RACONTIEZ, HAHAHA !

QUOI ?
CE TARÉ... IL NE PEUT PAS SIMPLEMENT SE TAIRE !
J'AI L'IMPRESSION DE M'ÊTRE FAIT PIQUER PAR UN MOUSTIQUE.

OUI, C'EST L'EFFET QUE TU FAIS.
ESSAIE ENCORE. HAHAHA !
16 – OPÉRATION DE SAUVETAGE (3)
MERDE !
À CAUSE DE CET ABRUTI, ON EST EN RETARD.
ALLONS-Y VITE !
OUI, CHEF !

VOUS ALLEZ BIEN M. LE PRÉSIDENT
RAMENEZ-MOI CHAE-YEON... MA FILLE...
!!
ILS SONT LÀ !!
CAMÉ
M. LE PRÉSIDENT !
JE NE SAIS PAS POURQUOI, MAIS ILS NE SONT PAS LOIN.

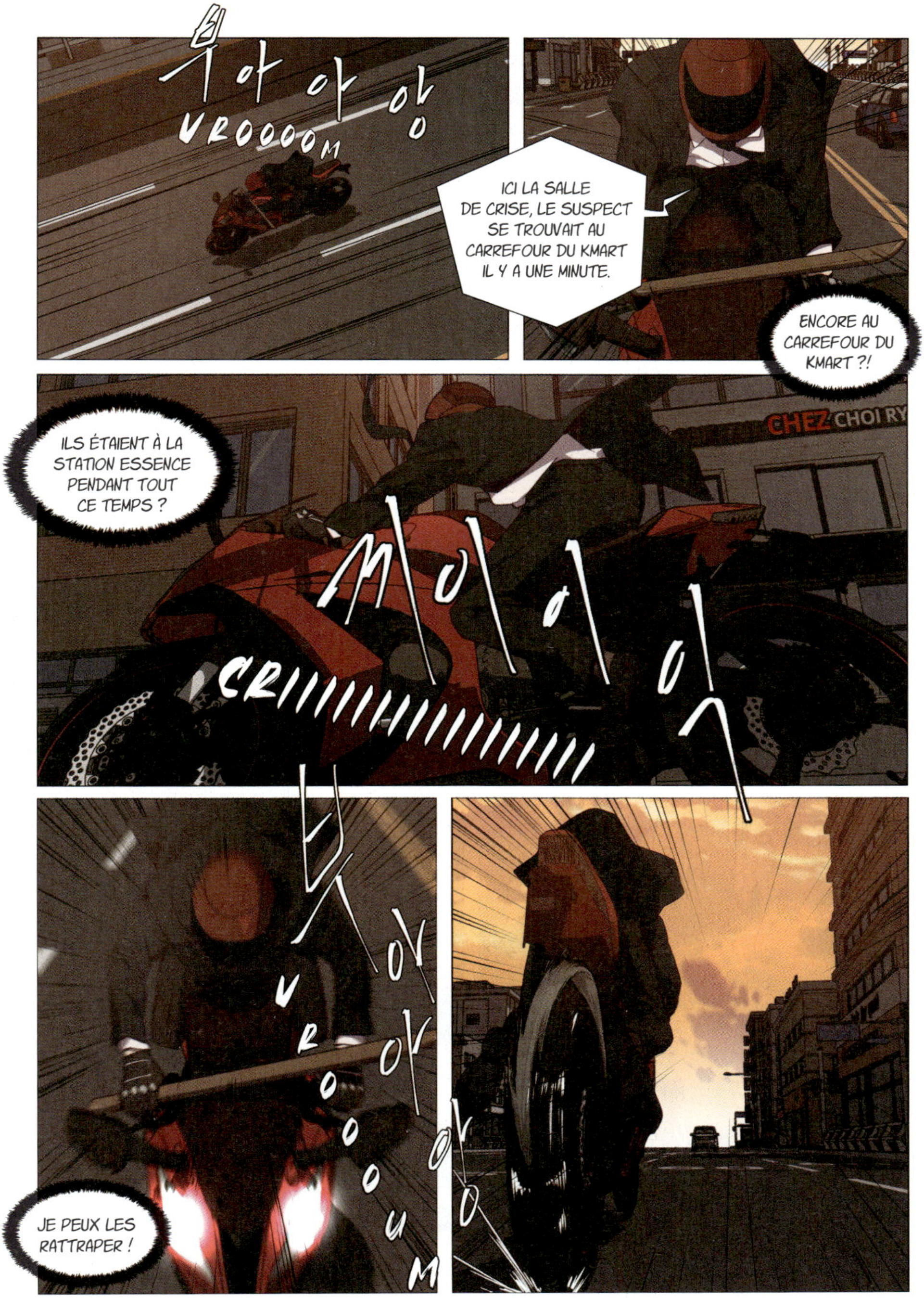

부아아앙
VROOOOOM
ICI LA SALLE DE CRISE, LE SUSPECT SE TROUVAIT AU CARREFOUR DU KMART IL Y A UNE MINUTE.
ENCORE AU CARREFOUR DU KMART ?!
ILS ÉTAIENT À LA STATION ESSENCE PENDANT TOUT CE TEMPS ?
CHEZ CHOI RY
끼이이익
CRIIIIIIIIIIIIIIIIII
부아아아앙
VROOOOUM
JE PEUX LES RATTRAPER !

VROOOOOUM
C'EST LEUR IMMATRICULATION.
BIEN !
SHAAAA

와장창
VLANG
ENCORE UNE FOIS.
SHANE !
VA DE L'AUTRE CÔTÉ !
VROOOOUM
NON ! DE L'AUTRE...
VROOOOUM
부아아앙
?

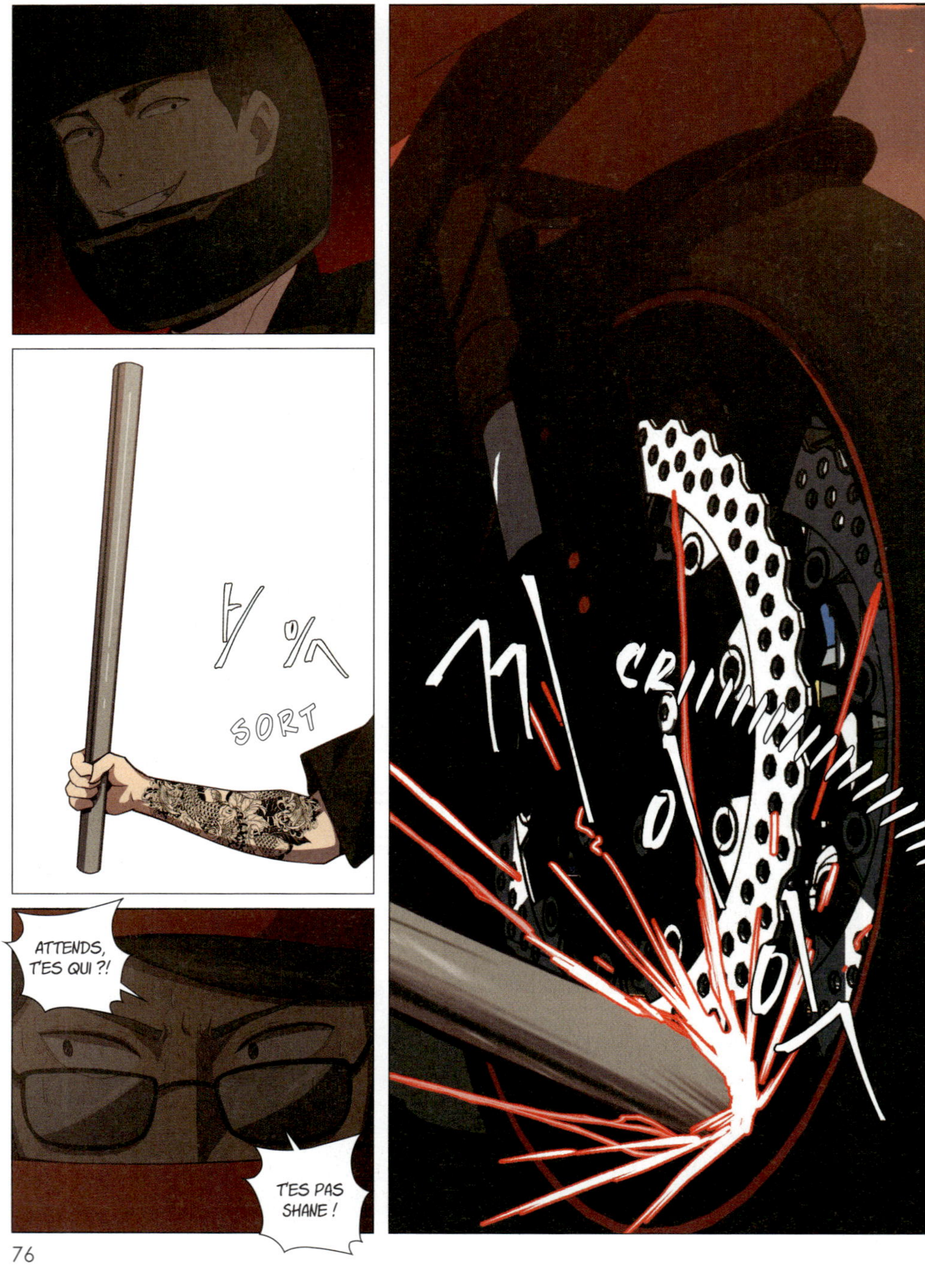
SORT
ATTENDS, T'ES QUI ?!
T'ES PAS SHANE !
CRIIIIIIIIIII

!!
SCRAAAACH
SCRAAACH
ARGH...
POC
POC
POC

타앗
TAP
JE NE DOIS PAS LE RATER !
촤아앗
SCRAAAACH
FRSH

SHLA
!!
FWIT
QU'EST-CE QUE...
QUEL IDIOT... C'EST INUTILE.
VROOUM

CHEF, OÙ SONT-ILS ?
CRIII
ILS AVAIENT UN ACOLYTE.
D'ABORD, PRENDS ÇA.
OUI. J'AI LANCÉ UN STYLO TRAQUEUR DANS LA VOITURE.
ILS N'ONT PAS DÛ S'EN RENDRE COMPTE.
C'EST LE TRAQUEUR GPS ?
BIEN, CE SERA SUFFISANT !
JI-SEOK.
PRENDS MA MOTO ET REJOINS-NOUS DÈS QUE TU PEUX.

FINISSONS-EN.
VROOOOOOOUM
ILS ONT PASSÉ LE CARREFOUR.
TOURNE À DROITE AU PROCHAIN BLOC !

TOUT DROIT JUSQU'À LA PASSERELLE !
ENSUITE...
CONTINUE TOUT DROIT SUR 200 MÈTRES ET TOURNE À GAUCHE.
STOP !
THIS WAY? (PAR LÀ ?)
FAIS-MOI CONFIANCE ET FONCE !
YOU SURE? (T'ES SÛR ?)
MAINTENANT !

OKAY.
CRIIIIIIIIIIIIIIIIII
끼이익
CLANG
챙
CLANG
챙

TAP
BAAM

CRIIIIIIIIIIIIIIIIIII
SHHH
VLAM
CRIIIIIIIIIIIIIII

TAC
FWIIIIP
YOYO
BAAAAAAM
M. LE PRÉSIDENT, L'ÉQUIPE DE YOUNG-MAN KANG A DÉTRUIT LA VOITURE !
AMENEZ-LES-MOI TOUS SANS EXCEPTION !

CLAC
IL S'ENFUIT !
TAP
TAP
TAP
CE... CE SONT DES MONSTRES !
ATTRAPE-LE !
TAP
TAP
TAP
VLAN
ARGH !

KOF KOF
쿨럭 쿨럭
AAAAAAH !
WHERE IS SHE?
(OÙ EST-ELLE ?)
J'AI FAIT CE QU'ON M'A DIT. LA FILLE N'EST PAS DANS CETTE VOITURE !
ÉPARGNEZ-MOI ! JE VOUS DIRAI TOUT !

VLAN
MERDE, ELLE N'EST PAS LÀ !

Y world
QU'EST-CE QUI SE PASSE ?!
OÙ EST-ELLE ?!
É... ÉPARGNEZ-MOI S'IL VOUS PLAÎT. MOI NON PLUS JE NE SAIS PAS.
J'AI JUSTE PRIS LA VOITURE.
LES AUTRES SONT PARTIS DANS LE SENS INVERSE.
QUOI ? TU DIS QU'ON VOUS SUIVAIT...
COMMENT VOUS L'AVEZ SU ?!
TOUT À L'HEURE, UN GARDE EST ARRIVÉ EN PREMIER.
J'AI PU SUIVRE TOUS VOS DÉPLACEMENTS AVEC SON ÉCOUTEUR
UN GARDE DU CORPS ?! C'EST QUOI CES CONNERIES ?!
NOS GARS NE SONT MÊME PAS ICI !
É... ÉPARGNEZ-MOI. JE NE SAIS RIEN D'AUTRE.
ME***...
COMMENT C'EST POSSIBLE ?

ILS LES ONT ATTRAPÉS ?!
APPORTEZ-LES-MOI ICI IMMÉDIATEMENT !
JE LEUR FERAI PASSER UN INTERROGATOIRE MOI-MÊME, MÊME SI JE DOIS LES TORTURER.
QU'EST-CE QU'ILS VEULENT ENCORE À CHAE-YEON, À LA FIN ?!
M. LE PRÉSIDENT... HUM... IL Y A UN PROBLÈME.
EN FAIT...
PEU IMPORTE, AMENEZ-LES-MOI ET MA FILLE AUSSI !
ILS ONT CHANGÉ DE VOITURE...
ALORS...
MADEMOISELLE... N'EST PAS...
DRRR
SBAF
M... M. LE PRÉSIDENT !

17 - Opération de sauvetage (4)

EN PLUS, JE N'AI PAS MON STYLO TRAQUEUR. COMMENT FAIRE ?
MAIS OUI... J'AI UN TICKET !
FRSHH
TU RÉSISTES ? MÊME SI JE TE DÉFONCE COMME ÇA...
BAM
BAAM
BAAAM
T'AS ENCORE LA FORCE DE RECEVOIR LES COUPS ?
SCRRR

LA VOITURE N'A PAS PU ALLER BIEN LOIN.
JE VAIS PEUT-ÊTRE RÉUSSIR À LES SUIVRE.
타 악
TAC
좌 아 악
VRRRRRR
JE SUIS LE SEUL À POUVOIR LE FAIRE.
VRRRRRR
VROOOUM
CHEF...
QUOI ?
LA SÉCURITÉ ÉTAIT TELLEMENT EFFICACE, J'ÉTAIS SÛR QU'ON RÉUSSIRAIT JAMAIS À ENLEVER LA GAMINE.
ON A COMBIEN D'ESPIONS LÀ-BAS ?
DE CE QUE J'AI ENTENDU, SEULEMENT DEUX OU TROIS.

ET L'UN D'ENTRE EUX A UN POSTE QUI LUI PERMET D'OBTENIR TOUTES SORTES D'INFORMATIONS.
AH OUI ? CE PLAN A ÉTÉ PLANIFIÉ DEPUIS TRÈS LONGTEMPS ?
PENDANT DES ANNÉES, LA SÉCURITÉ ÉTAIT SI STRICTE QU'UN SIMPLE PASSANT ÉTAIT SUSPECT.
CE PLAN AURAIT PROBABLEMENT ÉTÉ VOUÉ À L'ÉCHEC SANS UN INFILTRÉ.
MAINTENANT, ILS SAVENT POUR LE MOUCHARD ET ILS VONT TOUT FAIRE POUR LE DÉNICHER.
ALORS LA RAISON D'UN SALAIRE SI ÉLEVÉ...
EN RÉALITÉ C'EST UNE CHANCE UNIQUE.
EN CONTREPARTIE, SI ON RÉUSSIT, ON PASSERA LE RESTANT DE NOS JOURS À SE LA COULER DOUCE.
C'EST POUR ÇA QU'ON DOIT RESTER CONCENTRÉS JUSQU'AU BOUT.
VRRRRRR

OH... OH !
SWIP
SWIP
ZWIF
BOM
URGH
ZUT... ÇA FAIT DÉJÀ UNE HEURE...

MÊME SI JE SAIS OÙ VONT CES TYPES...
C'EST PAS LE MOMENT D'AVOIR MAL !
L'USINE EST VIEILLE, ALORS IL FAUDRA RANGER AVANT D'ACCUEILLIR NOTRE CLIENT.
JE L'AI ENTENDU PARLER D'UNE USINE.
UNE USINE, DANS LE COIN...
HEUREUSEMENT, IL N'Y A QU'UNE SEULE USINE ICI.
USINE HANSEONG
COMME LA VOITURE DOIT FAIRE DES DÉTOURS POUR Y ARRIVER, SI JE PRENDS UN RACCOURCI, EN COURANT JE PEUX Y ÊTRE AVANT.
JE NE SAIS PAS COMBIEN DE TYPES IL Y AURA LÀ-BAS.
TAP
JE DOIS LES ARRÊTER AVANT !

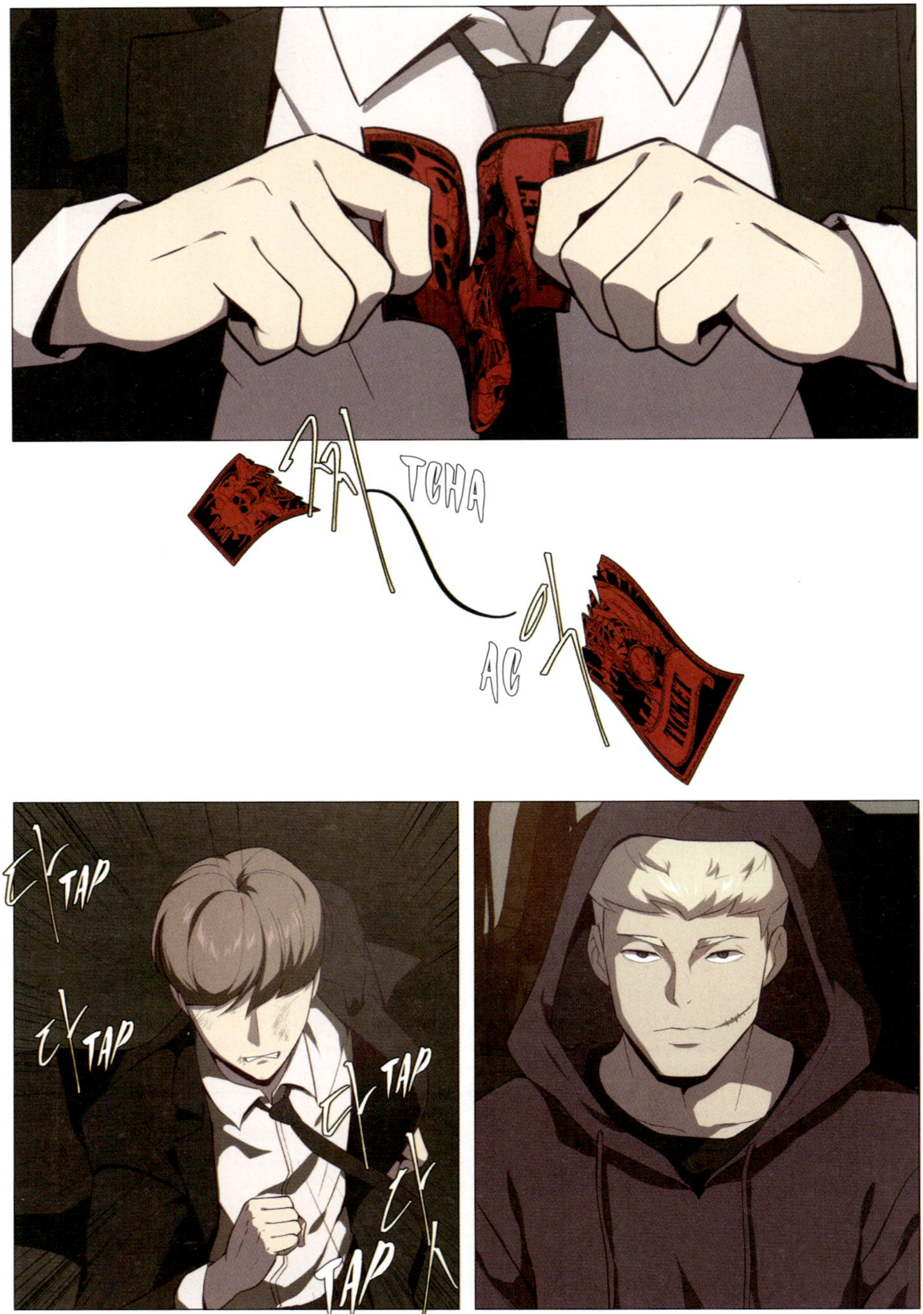
TCHA
AC
TICKET
TAP
TAP
TAP
TAP

ZIEUT
JE NE SAIS PAS POURQUOI IL A BESOIN DE TOI...
MAIS J'IMAGINE QUE TU DOIS ÊTRE SACRIFIÉE.
R V V V
BRRRRR
OUI, CHEF.
QU'EST-CE QUI SE PASSE ? POURQUOI ÊTES-VOUS SI EN RETARD ?
JE SUIS DÉSOLÉ.
IL Y AVAIT UN PERTURBATEUR... NOUS SOMMES PRESQUE ARRIVÉS.
SOYEZ LÀ DANS 5 MINUTES.
OUI, COMPRIS.

LE CHEF
S'EST ÉNERVÉ.
ACCÉLÈRE.
OK.
!!

CE BÂTARD ! COMMENT IL A PU NOUS SUIVRE ?
JE FAIS QUOI ?
CONTINUE DE ROULER.
PARDON ?!
ON EST DÉJÀ EN RETARD ET IL VA SÛREMENT ÉVITER.
BIEN !
VROOUM

MAIS...
QU'EST-CE QU'IL FOUT ?
TOUT CE QUE JE VEUX...
C'EST SAUVER CETTE FILLE ! PAR N'IMPORTE QUEL MOYEN !
FREINE !
ON VA TROP VITE !
JE N'AI PAS PEUR DE...
MOURIR...

VLAN
BOUM
BOUM
BOUM
BOUM
CRIII
SBLAF
BRRR
BRRR

PUTAIN... IL L'A PAS ÉVITÉ.
TAP
ALLÔ.
OUI, CHEF.

NOUS AVONS LE CORPS D'UN GARDE ICI, QU'EST-CE QU'ON EN FAIT ?
AH OUI. D'ACCORD.
METS-LE DANS LE COFFRE.
ILS VONT S'OCCUPER DU CORPS.
MC1
COMPRIS.
HOP
TSCHHH

PLAF
VITE, ON EST EN RETARD.
PIGÉ.
AU FAIT... IL N'Y A AUCUNE TRACE DE SANG...
LE CHOC N'ÉTAIT PAS SI VIOLENT ?
TAC

DOOM
SHHH
털썩
POUF

ARRÊTE LE MOTEUR.
BRANDON LEE 1965-1993
ACTEUR MAUDIT DE FILMS D'ACTION (CASCADEUR, EXPERT EN ARTS MARTIAUX)
JE VAIS RAMENER CHAE-YEON.

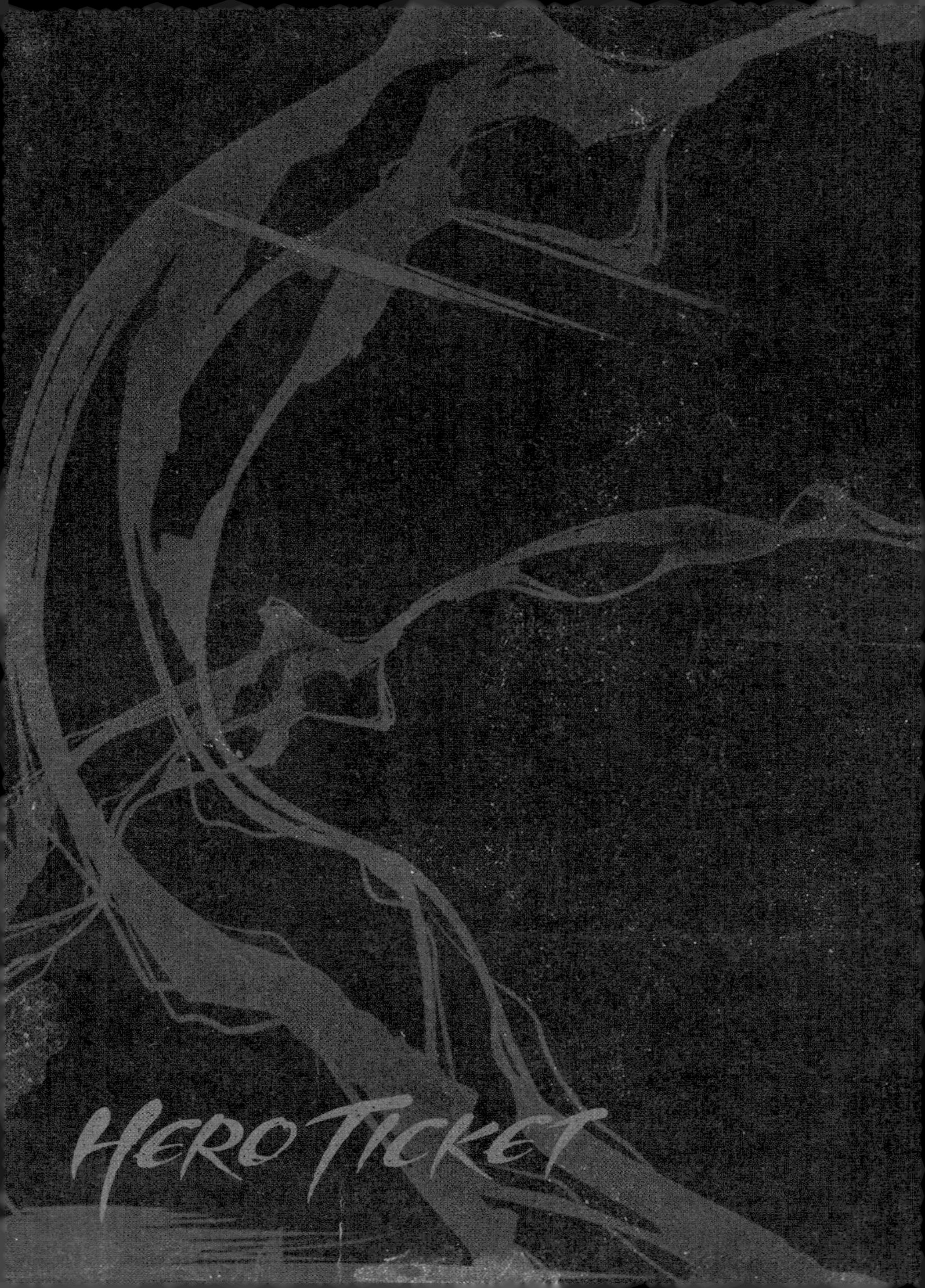
HERO TICKET

Dead
TICKET

18 - Opération de sauvetage (5)

CHEF, IL NE LÂCHE PAS L'AFFAIRE QUE CE SOIT À LA STATION ESSENCE OU POUR BLOQUER LA ROUTE.
JE VAIS LUI TRANCHER LA GORGE UNE BONNE FOIS POUR TOUTES.
HÉ, P'TIT GARS, JE TE COMPRENDS, MAIS VU LA DIFFÉRENCE DE TAILLE, TU DEVRAIS FAIRE PROFIL BAS.
FWOUSH
COMMENT UN TÊTARD COMME TOI PEUT JOUER SA VIE À FAIRE LE GARDE DU CORPS ?
BAAM

PAF
PAF
PAAAAF
TAC

BAAM
TOMBE
HEIN ?
JIN-SEOK... D'UN SEUL COUP...
PLUS QUE QUATRE...

CRIIIIII
CHEF, ON EST DE RETOUR, ET ON S'EST ASSURÉS QUE LES GARDES SOIENT TOMBÉS DANS LE PANNEAU.
OÙ SONT LES DEUX AUTRES ?
AU POSTE DE POLICE À CAUSE DE L'ACCIDENT.
DEUX DE PLUS, DONC SIX...
ALORS C'ÉTAIENT BIEN EUX LES RESPONSABLES DES ACCIDENTS.

MAIS COMMENT CELUI-LÀ A PU VOUS SUIVRE JUSQU'ICI ?
C'EST UN PRO. IL VIENT D'ÉCRASER JIN-SEOK.
NE PERDEZ PAS DE TEMPS, OCCUPEZ-VOUS DE LUI.
J'AI DÉJÀ PRÉVENU QU'ON AVAIT UN MORT SUR LES BRAS, VOUS POUVEZ Y ALLER.

TAAC
À L'ATTAQUE !
TAP
TAP
TAP
TAP
TAP
TAP
FIOU
FWIP
BAAM
TCHAC

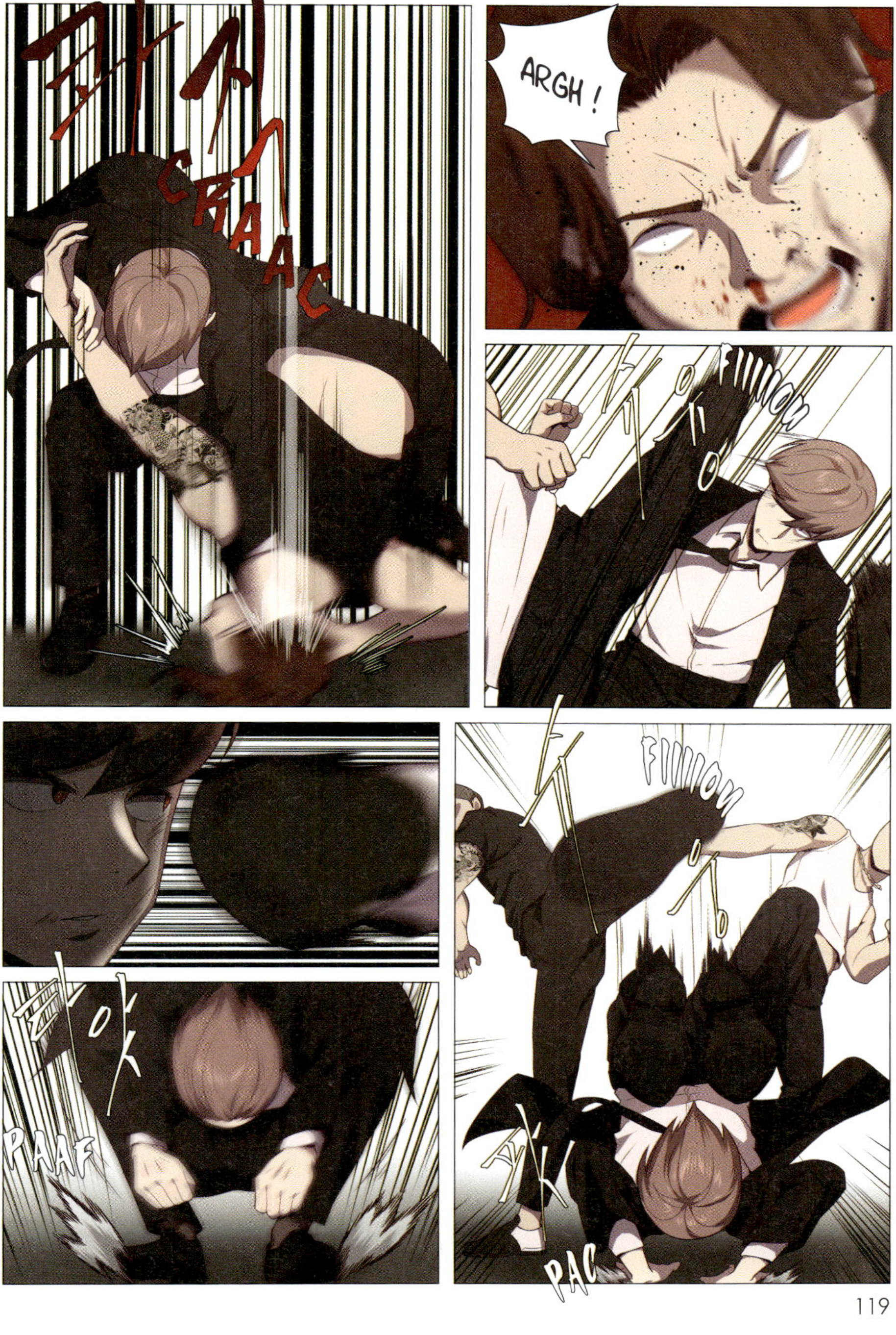
CRAAAC
ARGH !
FIIIIOU
FIIIIOU
PAAF
PAC

TAC 꽈
TAC 꽈
TAC 꽉
TAC 콰
악
PAF 꽈
PIF 꽈
PAF 꽈
POUF 바
PAF 박
PIF 다
PAF 바
POUF 박
BA 콰
EURGH !
억
AM
BIIM 콰악
BAAM 콰앙

SHAAF
BAAM
빠악
BAAAAM
PAF 쩌억
PAF 쩌억
쩍 PAF
스윽 TAP
스윽 TAP

BIIM
ARGH !
VRRR!
VRRR!
STOP
DES BARRES DE FER...
SI JE PRENDS ENCORE UN COUP JE RISQUE DE M'ÉVANOUIR.

IL N'EST PAS LÀ POUR JOUER.
SHAAAA
TU VAS BIENTÔT POUVOIR TE REPOSER.
CLING
TAAC
CLING

IL S'ENFUIT ! ATTRAPEZ-LE !
TAP
TAP
TAP
TA
AC
ZWIT
?!

FAITES LE TOUR ET BLOQUEZ-LE !
TAP
TAP
TAP
TAP
IL EST FAIT COMME UN RAT !
BAAAM
SORS DE LÀ !
DAAM

ENFOIRÉ...
CLAAC
BIIM
?!
PAF
PAF
PAF
PAF

ZIEUT
ZIEUT
BAAAM
EURGH...
ARGH !
BAAM

타앗
TAAC
슈우웅
FIIIIIOU
멈칫
STOP

ARGH !
CRISH

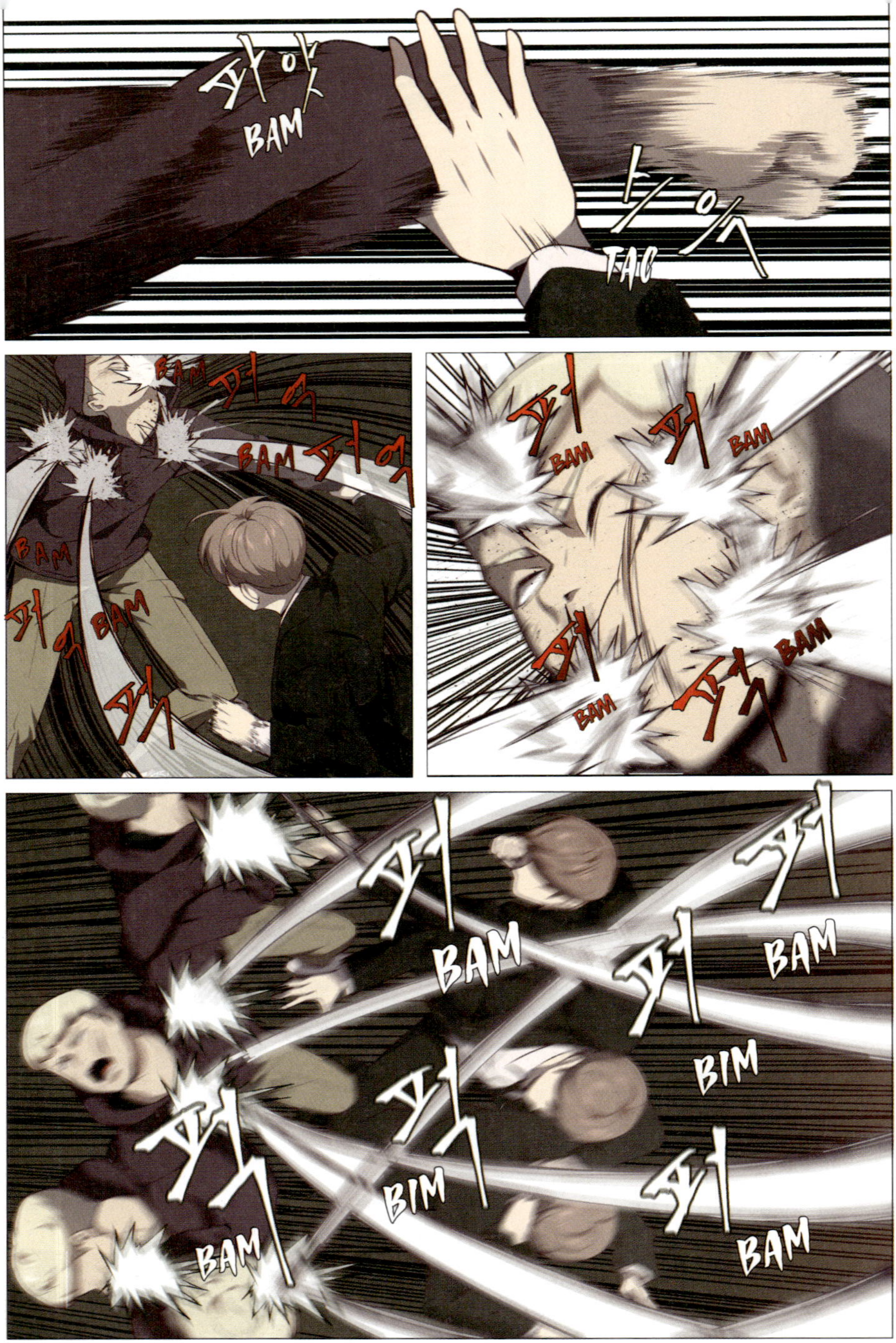
BAM
TAC
BAM
BAM
BAM
BAM
BAM
BAM
BAM
BAM
BAM
BAM
BIM
BIM
BAM
BAM

TAP
TAC

BAAAAAM
BOUM

SUR LA MESSAGERIE, MERCI DE LAISSER UN MESSAGE APRÈS LE BIP SONORE.
BIP
QUELLE BANDE D'ABRUTIS ! IL A DIT QU'ILS ÉTAIENT DEVANT, QU'EST-CE QU'ILS FOUTENT...
FWOUP

OÙ EST VOTRE CHEF ?
19 - OPÉRATION DE SAUVETAGE (6)

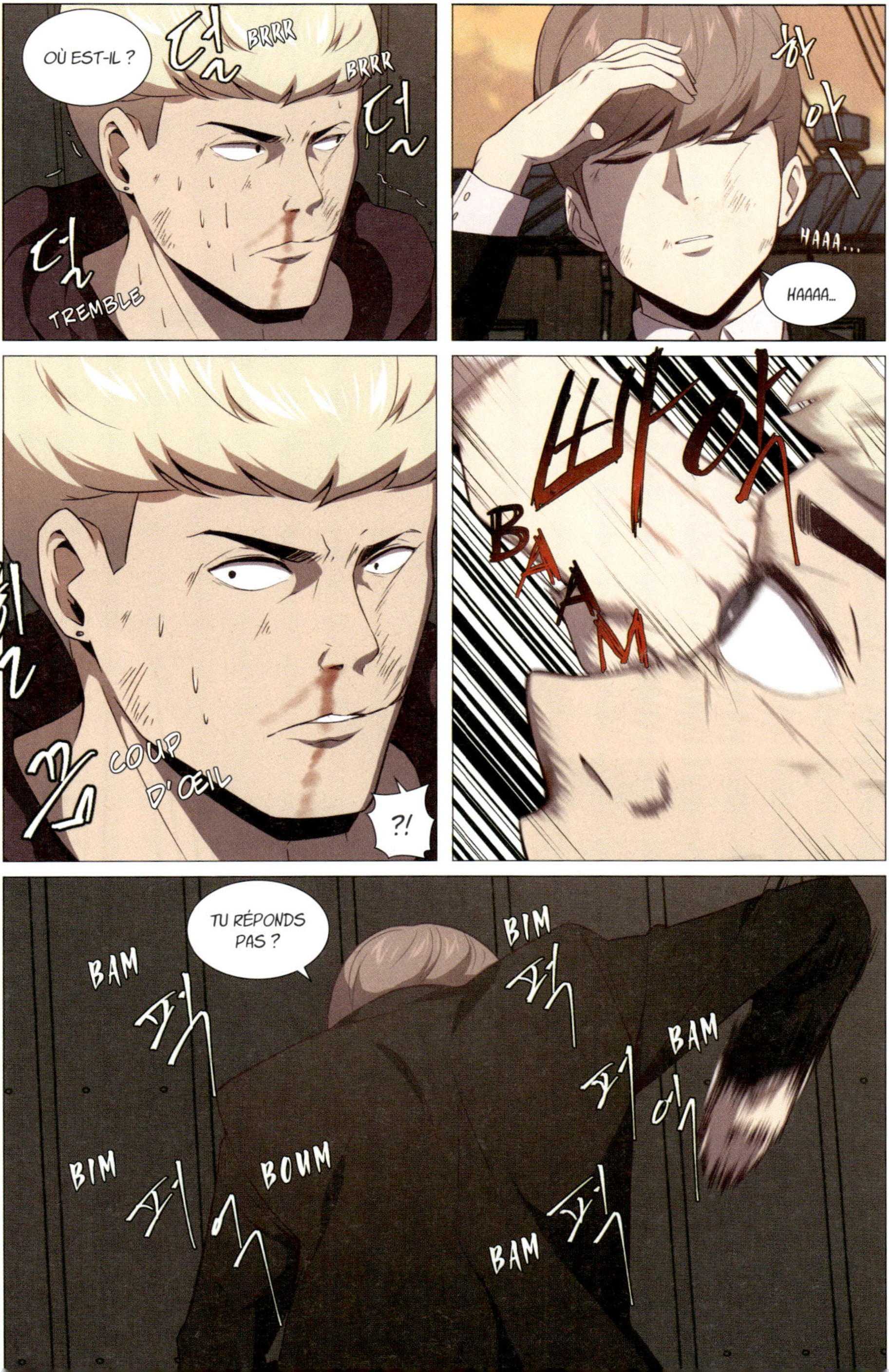
OÙ EST-IL ?
덜 BRRR
BRRR 덜
덜 TREMBLE
하아—
HAAA...
HAAAA...
힐끔 COUP D'ŒIL
?!
빠악 BAAAM
TU RÉPONDS PAS ?
BAM 퍽
BIM 퍽
BAM 퍽
BAM 퍼억
BIM 퍽
BOUM 퍼억
BAM 퍽

BAM
BIM
BAM
TCHAC
ATTENDS… C'EST…

BAAAAAAM
JAE-HYEOK LEE.
CH… CHEF, TOUTES MES EXCUSES !
POURQUOI DES EXCUSES ?
JE… JE N'AVAIS PAS L'INTENTION DE VOUS NUIRE EN DISANT ÇA.
CE QUE TU AVAIS L'INTENTION DE FAIRE N'A PAS D'IMPORTANCE.
BRRR
BRRR
EURGH…
BRRR
BRRR

LE FAIT EST QUE TU AS RÉVÉLÉ L'EMPLACEMENT DE CET ENDROIT.
BRRR
BRRR
BRRR
BRRR
BRRR
AARGH...
CHLAAAAC
BRRR
AAARGH !
BRRR

PUNAISE, TU REFUSES DE PARLER ?!
QU'EST-CE QUE TU FAIS ?
GLOUPS
JE T'AI DONNÉ CINQ MINUTES POUR RENTRER. QU'EST-CE QUE TU FOUS ENCORE ICI ?
ZIEUIT

?
IL LES
A BATTUS À
7 CONTRE 1 ?
CE GAMIN ?
HÉ,
TU AS FAIT ÇA
TOUT SEUL ?
TAAP

VISH
C'EST TA RÉPONSE ?
JE DEVRAIS TE RENDRE LA MONNAIE DE TA PIÈCE, NON ?
CRRR
PAAF

DE LA SELF-DÉFENSE ?
탁
TAC
빠악
BAM
DE LA CAPOEIRA ?

MAINTENANT !
BAAM
BAM
BIM
BAM
BAM
JE NE DOIS PAS M'ARRÊTER.
BAAM
BAM
BIIM
BAAM
BAM
BIIM
BAM

BAAAAM
AARGH !
BOUM
QUOI ?
URGH
J'AURAIS JURÉ QUE MON ATTAQUE L'AVAIT ATTEINT.
TAP
TAP
IL N'A RIEN SENTI ?

SES MUSCLES ONT DÛ ENCAISSER LES DÉGÂTS.
JE COMPRENDS MIEUX CE QUE SIGNIFIE LA DIFFÉRENCE DE POIDS.
JE DOIS TROUVER UNE AUTRE SOLUTION !
TAP
TAP
CET ESPRIT N'EST PAS UN COMBATTANT PROFESSIONNEL, MAIS JE PEUX PRATIQUER UNE GRANDE VARIÉTÉ D'ARTS MARTIAUX.
ET IL A L'HABITUDE D'UTILISER TOUT CE QUI L'ENTOURE.
DANS CE CAS...

TAP
TAP
SWIP
?
BANG

TAAC
TU N'AS QUE ÇA ?
VLAN
BAAM
?!
BIIM

빠악
BAAM
BAAM
AAARGH !

KOF
KOF
KOF
HUM
CE GAMIN... IL A FAIT EXPRÈS DE FAIRE UN FAUX PAS.
IL A BAISSÉ SA GARDE POUR POUVOIR ATTEINDRE MA MÂCHOIRE.
IL N'A PEUR DE RIEN, MÊME FACE AU POING DE L'ENNEMI, IL NE RATE PAS SON OUVERTURE.
KOF
KOF
C'EST PAS PARFAIT, MAIS IL MAÎTRISE ASSEZ DE TECHNIQUES POUR PARER À TOUTES LES SITUATIONS.
IL EST TÉMÉRAIRE ET NE TIENT MÊME PAS COMPTE DE LA DIFFÉRENCE DE POIDS.

C'EST LA PREMIÈRE FOIS QUE JE VOIS QUELQU'UN COMME LUI.
IL A L'AIR JEUNE, MAIS DANS QUELQUES ANNÉES IL DEVIENDRA UN GRAND COMBATTANT.
VLAF
OÙ AS-TU APPRIS À TE BATTRE ?
TCHAC
SCRRR
ARRÊTE TES CONNERIES.
REJOINS-MOI.
SI TU SUIS MES ORDRES, JE FERAI DE TOI UN TIGRE.
TAP
ARGH !
EST-CE QUE C'EST VRAIMENT UN JEUNE TIGRE ?

CETTE CONVERSATION EST TERMINÉE.
TAAC
!
BOUM
AAAAARGH !

PEUX... PLUS... RESPIRER...
ARGH
EURGH !
C'ÉTAIT UN AVERTISSEMENT.
J'AI SURVÉCU GRÂCE AU TYPE DERRIÈRE MOI...
ESPÈCE DE MALADE, C'EST TON COLLÈGUE...
REJOINS-MOI. SI TU REFUSES, TU MOURRAS ICI.
TCHAC

RÉPONDS-MOI !
SI JE ME METS À VOS ORDRES...
VOUS ME DONNEREZ TOUT CE QUE JE VEUX ?
C'EST POSSIBLE... TOUT DÉPEND DE TES CAPACITÉS.
ARGENT, HONNEUR, PUISSANCE, POUVOIR ?

LAISSEZ TOMBER.
RIEN DE TOUT ÇA NE M'INTÉRESSE.
TOUT CE DONT J'AI BESOIN, C'EST LA FILLE QUE VOUS VOULEZ ENLEVER.
AH OUI ?
PEUT-ÊTRE QUE JE T'AI SURESTIMÉ.
CRRR
CRÈVE.
SWISH
FWIIIP

FSCHHHH

VRRRR
STOOP
20 - Opération de sauvetage (7)
CRRR
ALLÔ ?
FORCE, TECHNIQUE, POIDS, EXPÉRIENCE... JE LUI SUIS INFÉRIEUR EN TOUT POINT.
JE N'AI AUCUNE CHANCE DE GAGNER...
TU ES ARRIVÉ ?
ET DONC, LE LIEU C'EST...
ATTENDS...

덥석
TCHAC
LE LIEU ?!
?!
BAAM
BIIIIM

SAMSUNG
JONG-JIN JEONG (CLIENT)
MICRO
HAUT-PARLEUR
RACCROCHER
TAP
TAP
TAP
타악
TAAC
다
다
TAP
TAP
라
TAP
닥
TAP
L'USINE EN FACE
DE L'APPARTEMENT
A...

MICRO
HAUT-PARLEUR
RACCRO
J'ATTENDRAI LÀ-BAS...
뚝
BIP
씨익
HÉ...
NON...
NE FAIS PAS ÇA !

BAAAAANG
SAMSUNG
ALORS ?
HÉ...
MAINTENANT JE SUIS LE SEUL À CONNAÎTRE L'ENDROIT ?
PUTAIN ! SALE GAMIN !
JE VAIS T'ÉCRASER !
TAP
TAP
TAP
ARRÊTE-TOI !

TAP
다
TAP
다
TAP
닷
TAP
다
TAP
다
TAP
다
TAP
닷
멈칫
STOOP
TU T'ENFUIS MAIS TU ES FAIT COMME UN RAT.
JE VAIS TE TORTURER JUSQU'À CE QUE TU CRACHES LE MORCEAU.
« FAIT COMME UN RAT » ?

N'IMPORTE QUOI.
C'EST MOI QUI T'AI FAIT VENIR JUSQU'ICI.
POUR UN CASCADEUR...
UN HANGAR QUI RESSEMBLE À UN PLATEAU EST UN AVANTAGE.
UN CASCADEUR ?
TU VEUX TOURNER UN FILM AVANT DE MOURIR ?
TU NE VOIS DONC PAS DANS QUEL PÉTRIN TU T'ES FOURRÉ ?

POC
JE VAIS TE COUPER LE SOUFFLE.
TAAP
FWIOU
FWUIT
FWUIT
IL A L'AVANTAGE DE LA VITESSE, DE LA PUISSANCE ET DE LA TECHNIQUE.
ZIEUTE
MAIS RIEN NE M'OBLIGE À SUIVRE LES RÈGLES ET À LE LAISSER GAGNER !
POUR MAXIMISER LES CAPACITÉS DE CET ESPRIT...

꽈악
GRIP
콰앙
BAAAAM
!!
휘익
FWIOUP
ESPÈCE DE BÂTARD !
VIENS LÀ !

JE SUIS LÀ !
SHLAF
BAM
BIM
BAM
BIM
BAM
BOUM
BAM
BIM
BAAAAAM

FWIIIIIP
TCHAC
CRAAAAAAC
AAARGH !

타앗
TAAC
퍽 BAM
BAM 퍽
퍽 BAM
QU… QUOI ?
BAM 퍽
퍽 BIM
퍽 BOUM
퍽 BIM
퍽 BAM
POURQUOI SES COUPS DE POING SONT BEAUCOUP PLUS FORTS SOUDAINEMENT ?
NON…

빠악
BAAAAAM
C'EST MA MONTRE...
STOOP
IL N'EST PAS ENCORE TOMBÉ...
SWIF

PFFUUIT
IL M'A ENVOYÉ DU SABLE DANS LES YEUX…
SI JE T'ATTRAPE, T'ES M…
?!
T'ES OÙ ?
IL EST AUSSI RÉSISTANT QUE GRAND.
ESPÈCE DE MONSTRE…
OÙ TU TE CACHES ?!
CETTE FOIS, JE VAIS EN FINIR POUR DE BON.

CE SALE RAT...
탕
BAANG
PAR LÀ ?!
T'ES MORT...
탕
BAANG
!!
UN POT VIDE ?
데굴
CLING
CLING
데굴

툭 TAC
툭 TAC
툭 TAC
SERIFIX
툭 TAC
툭 TAC
투욱 TAC
SERIFIX
DANGER !
ATTENTION, HAUTE PRESSION !
탕 BANG
BANG 탕
?!
탕 BANG
ARRÊTE DE JOUER !
SORS DE LÀ !

?!
C'EST TERMINÉ.

21 - La dernière attaque

FWIIP
BAAM
AAA
LES ATTAQUES AU CORPS À CORPS NE FONCTIONNENT PAS !
SWIF
RGH
JE DOIS VISER LES POINTS VITAUX !
BIM
FWIP
BAM
BIM

BAM
BIM
BAM
BAM
BIM
BAM
BAM
BIM
BAM
BAM
BAM
BIM
BAM
BIM
BAM
AAARGH !
BAM
BOUM
BOUM
BAM
IL VISE LE MÊME ENDROIT !

퍽 BAM
억 BAM
AAAAAAAAH !
퍽 BAM
BAM 퍽
BAM 억
퍽억 BAM
퍽 BAM 억
STOOP
퍽 BAM
퍽 BAM
GNNNNN !!
ÇA Y EST,
IL COMMENCE
À FATIGUER !

SHLAC
JE VAIS T'ÉCRASER !
FWIIIIIP
SCRRR
!!

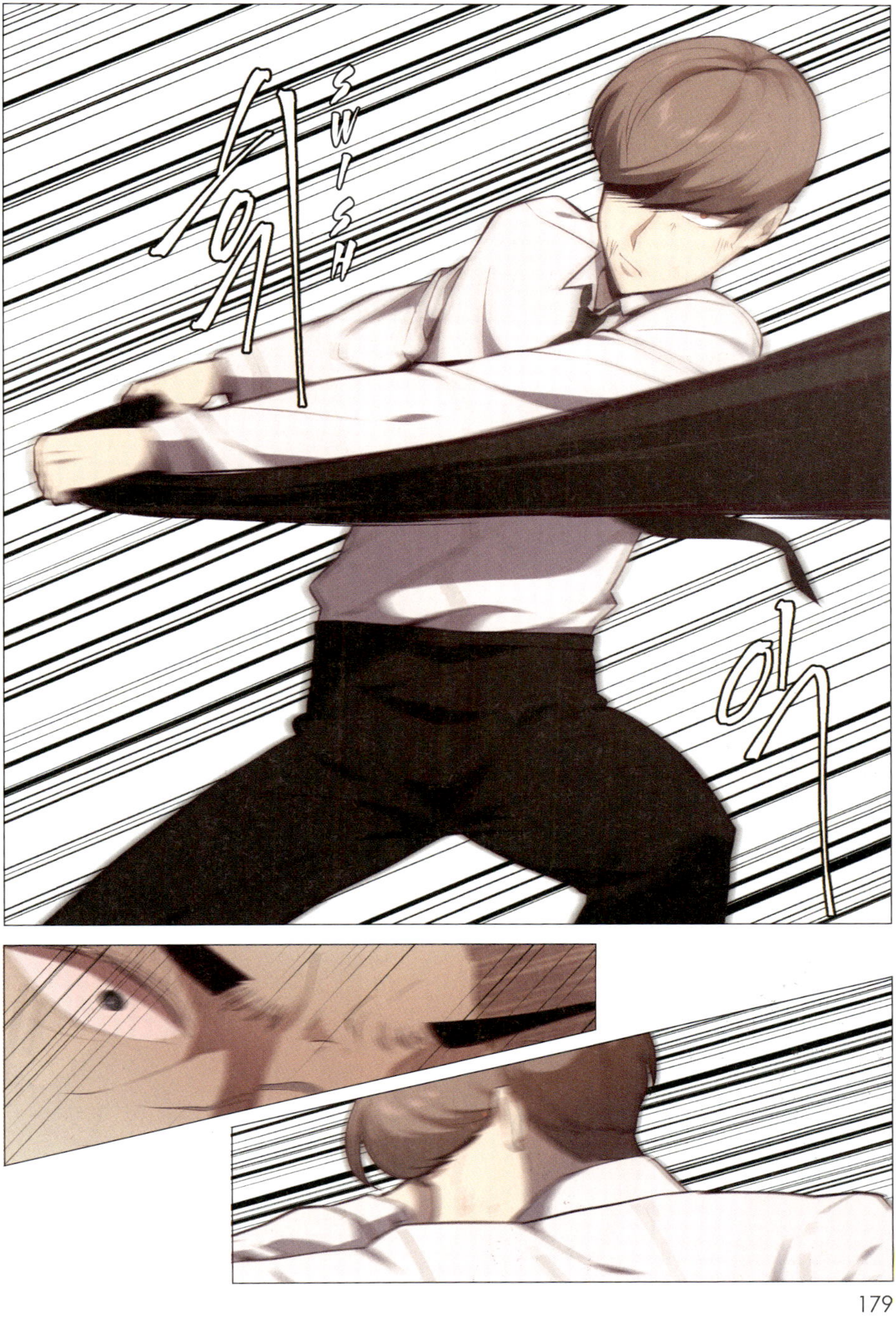
SWISH

빠악
BAAAAM

쿠웅
BOUM
하아
HAA...
하아
HAA...

HAAA...
FWIP
IL NE VA PAS MOURIR.
J'AI...
J'AI PERDU ?
21e COMPÉTITION NATIONALE DE JUDO 2002.
CLIC
CLAC
CLIC
CLAC
NOM : JIN-MOK KANG
5E ANNÉE DE JUDO
LÉGENDE INCONTESTÉE
MAIS...

HAHAHA, « INCONTESTÉE », C'EST ÇA !
AHAH
AHAH
AHAHAH
AH
HÉ HÉ
AH
J'AI ATTENDU DES ANNÉES POUR LE VOIR PERDRE ! AHAH !
BLABLABLA
OUAAH
BLABLA
BLABLA
BLABLA
BLA
BLABLABLA
YEON-SEONG CHOI
MA PREMIÈRE DÉFAITE.
JIN-MOK KANG

J'AI... PERDU ?
HÉHÉHÉ
BLABLA
BLABLA
AH AH AH AH
OUAHH AH AH AH AH
C'ÉTAIT LE PREMIÈRE FOIS QUE JE REGARDAIS UN ENNEMI DEPUIS LE SOL.
BOUM
BOUM
C'ÉTAIT UN BON SEOI-NAGE*.
J'AI FAILLI PERDRE.
*TECHNIQUE DE PROJECTION AU JUDO.
BOUM BOUM BOUM BOUM BOUM BOUM
C'EST LA PREMIÈRE FOIS QUE J'AI RESSENTI ÇA.

TCHAC
YEON-SEONG CHOI
!!
웅성
PSSST
웅성
PSSST
웅성
PSSST
웅성
PSSST
PSSST
웅성
웅성
PSSST

C'EST À CE MOMENT-LÀ QUE J'AI COMPRIS QUE JE N'ÉTAIS PAS UN JUDOKA.
BAM
JIN-MOK KANG
BAM
CE N'ÉTAIT PAS DE COMPÉTITION DONT J'AVAIS BESOIN...
JIN-MOK K
MAIS DE VOIR L'ENNEMI RAMPER À MES PIEDS.

FSHHH
AAARGH
ZIEUT

!!
JE T'AI ENFIN ATTRAPÉ, SALE RAT.

JE VAIS TE FAIRE RAMPER POUR LE RESTANT DE TES JOURS.
JE T'AI DIT QUE LA SITUATION AVAIT CHANGÉ, NON ?
?!
TAP
TAP

TAAAP
SCRIII
TCHAC
FWIIP

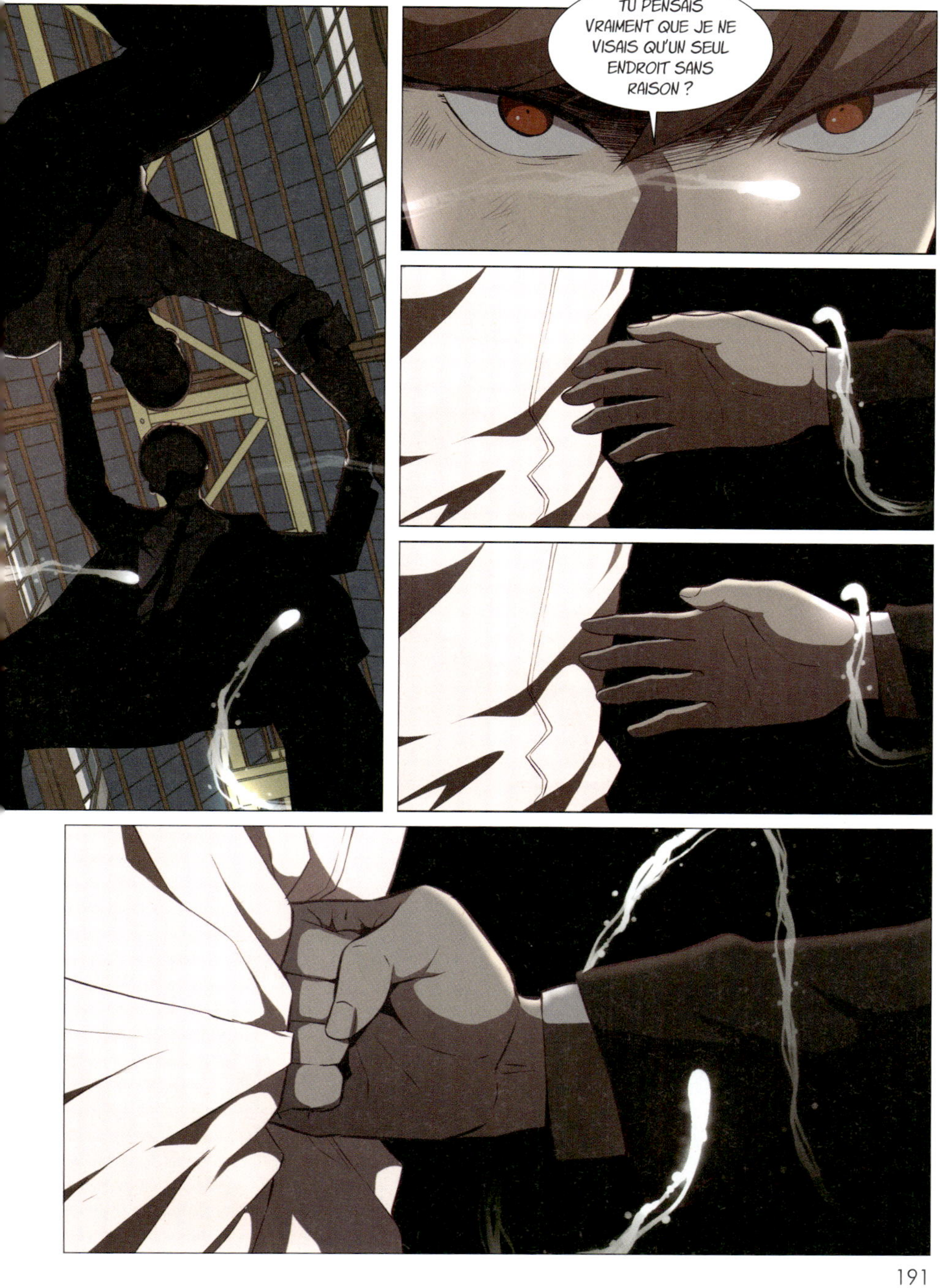
TU PENSAIS VRAIMENT QUE JE NE VISAIS QU'UN SEUL ENDROIT SANS RAISON ?

BAAAAM
BOUM
PLAF

UN COUP DE POING SANS RECUL...
C'EST SÛREMENT PARCE QUE C'EST LE FILS DE BRUCE LEE, OU BIEN J'AI GARDÉ DES RÉFLEXES...
EN TOUT CAS, C'EST TROP PUISSANT POUR MES MUSCLES, JE NE PEUX PAS L'UTILISER SOUVENT.
우시싄
CRRR
우시싄
CRRR
MAIS COMME J'AI RÉUSSI À ATTEINDRE UN POINT VITAL, C'EST TERMINÉ.
DONC, ENSUITE...

CRRR
MONSIEUR LE PRÉSIDENT, VOUS N'ÊTES PAS EN POSITION D'EXIGER QUOI QUE CE SOIT.
PEUT-ÊTRE QUE VOUS ÊTES TROP VIEUX POUR COMPRENDRE LA SITUATION.
VOUS VOULEZ RECEVOIR UN DOIGT DE VOTRE FILLE, PEUT-ÊTRE ?
UN... UN DOIGT ?
POUR QUI VOUS PRENEZ-VOUS ?
JE VOUS TROUVERAI ET JE VOUS TUERAI, MÊME SI JE DOIS FOUILLER TOUT LE PAYS.
FOUILLER TOUT LE PAYS ? VOUS DEVRIEZ CHERCHER DANS LE MONDE ENTIER...
EN CE QUI ME CONCERNE, JE DISPARAÎTRAI DÈS QUE J'AURAI REÇU L'ARGENT DU CLIENT.
CRRR

AH… MON CŒUR…
ARGH
ARGH
SCRRR
M. LE PRÉSIDENT !
JE VAIS RECEVOIR 30 MILLIARDS DE WONS DU CLIENT, QUE POUVEZ-VOUS FAIRE ?
30 MILLIARDS… JE… JE VOUS DONNERAI PLUS.
S'IL VOUS PLAÎT… ÉPARGNEZ MA FILLE…
POUF
MA FILLE EST TOUT POUR MOI, JE VOUS EN PRIE…
HINHIN
NON, JE VAIS SIMPLEMENT LA TUER.
!!
BIP… BIP…
뚜… 뚜…

QUEL VIEUX CRÉTIN ! AHAHAH !
MOUAHAHAHAH !
AH
AH AH
AH AH AH AH
ÇA FAIT DU BIEN D'ÉVACUER LE STRESS DU BOULOT !
IL NE S'EST PAS DOUTÉ UNE SEULE SECONDE QUE J'ÉTAIS UNE TAUPE.
HA HA HA
HA HA HA HA
VAS-Y, CHERCHE-MOI AUTANT QUE TU PEUX ! AHAHAH !
TAP
TAP
HIN HIN
ENFIN LÀ !

TAP
TAP
TAP
TAP
?

T'ES LE...
FWIP
GAMIN DE L'ENTRETI...
BAAAAM

BAM
BAM
BAM
BAM
BAM
BAM
BAM
BAM
BIM
POURQUOI VOUS AVEZ KIDNAPPÉ CHAE-YEON HAN ?!
BAM
BAM

TU VEUX PAS RÉPONDRE ?
BAAAM
DEBOUT !
JE ME SOUVIENS TRÈS BIEN DE TOI.
SSK

JE NE M'ARRÊTERAI PAS TANT QUE TU NE M'AURAS PAS TOUT DIT.
C'EST À CAUSE DE TYPES COMME TOI QUE CHAE-YEON NE PEUT MÊME PAS SORTIR.
RÉVEILLE-TOI !
...
MERDE...
PLAF
IL EST COMPLÈTEMENT DANS LES VAPES...

HAAAA...
SI C'EST COMME ÇA...
BIP
BIP
BIP
ATTENDS...
STOP
QUI CROIRA QU'UN HOMME LES A POURSUIVIS JUSQU'ICI...
ET A PU LES BATTRE SEUL ?
JE VAIS LAISSER LES GARDES S'EN CHARGER.
JE NE POURRAI PAS GARDER LE SECRET SUR LES TICKETS SI JE LEUR DIS QUE J'AI FAIT ÇA...
ET QUAND LES GENS DÉCOUVRIRONT LES TICKETS...

LA SITUATION RISQUE DE DÉGÉNÉRER.

ALORS, POUR AUJOURD'HUI JE DEVRAIS SÛREMENT...
22 - DEUXIÈME CONTRAT
COURS DE PING-PONG SHINNA SALLE
ACADÉMIE ARTISTIQUE CHOYEON
COURS DE PING-PONG SHINNA
ICARUS PC
HAA...
HAA...
RRRR VRRRR
HAAA...
OÙ SONT-ILS...
RRRRR VRRRR
?!
CÔTELETTES
EXPÉDITEUR : NUMÉRO CACHÉ
KIDNAPPEURS NEUTRALISÉS LOCALISATION 142-2 PRÈS DE L'USINE DÉSAFFECTÉE
J'AMÈNE CHAE-YEON HAN EN LIEU SÛR.
CE TYPE SAVAIT TOUT À L'AVANCE...
MAIS QUI EST-CE ?

TAP
TAP
OÙ SUIS-JE ?
JE SUIS ENCORE ENGOURDIE À CAUSE DE CETTE DROGUE...
SUR LE DOS DE QUELQU'UN ?
J'AI ÉTÉ ENLEVÉE...
TAP
TAP
MAIS OÙ M'AMÈNE-T-IL ? J'ENTENDS MÊME PAS LE MOINDRE ESPRIT AUX ALENTOURS... C'EST UN DÉSERT ?
SANS QUE CE PORC NE REMARQUE... JE VAIS JUSTE...
FIOU

?
HEIN ?
UN UNIFORME DE GARDE ?
QUOI ?
QUE… QUOI ?
UN DES GARDES M'A SAUVÉE ?
C'EST VRAI QUE MES MAINS NE SONT PAS ATTACHÉES, ÇA NE RESSEMBLE PAS À UN KIDNAPPING.
VU QU'ILS SONT TRÈS NOMBREUX, J'AI PU ÊTRE RAPIDEMENT SECOURUE.
COMME IL NE SE PASSAIT JAMAIS RIEN, J'AI TOUJOURS CRU QUE MON PÈRE ME SURPROTÉGEAIT.
PAS DE SORTIE…
UNE TONNE DE GARDES…

MADEMOISELLE, C'EST DANGEREUX DE SORTIR SEULE.
하 AH 하 AH 하 AH
JE SAIS BIEN QUE VOUS CHERCHEZ JUSTE À ME FAIRE PEUR !
MADEMOISELLE, CE N'EST PAS ÇA...
VRAIMENT, VOUS NE SAVEZ PAS POURQUOI MON PÈRE FAIT TOUT ÇA ?
하 AH 하 AH 하 AH 하 AH 하 AH
C'EST SIMPLEMENT QU'IL EST BEAUCOUP TROP ATTACHÉ À SA FILLE, ET VOUS AURIEZ HONTE SI VOUS VOUS EN RENDIEZ COMPTE !
JE N'AVAIS AUCUNE IDÉE DU DANGER.
JE ME SUIS MOQUÉE D'EUX COMME S'ILS ÉTAIENT DES IDIOTS IGNORANTS.
AH, J'AI HONTE.
MAIS...
JE NE RECONNAIS PAS CETTE COULEUR DE CHEVEUX.

JE SUIS SUR LE DOS DE QUI ?
TAP
TAP
OH LÀ LÀ, J'AI TELLEMENT HONTE... COMMENT JE POURRAIS ENCORE LES REGARDER DANS LES YEUX ?
JE VAIS FAIRE SEMBLANT DE DORMIR JUSQU'À CE QU'ON ARRIVE.
ET PUIS JE NE SORTIRAI PLUS DE MA CHAMBRE PENDANT AU MOINS UNE SEMAINE.
TAP
TAP
LAISSONS COULER...
ATCHOUM !
TU ES RÉVEILLÉE ?
?
CE N'EST PAS UNE VOIX D'ADULTE.

QUI EST-CE ?
DIS...
TU AS UNE IDÉE DE LA GALÈRE QUE C'ÉTAIT DE TE SORTIR DE CE PÉTRIN ?
TOUT LE MONDE EST FOU D'INQUIÉTUDE CHEZ TOI.
TU T'ES ENFUIE D'UN COUP ET TOUT LE MONDE ESSAYAIT DE TE RETROUVER.
LES KIDNAPPEURS ONT CAUSÉ DE SACRÉS PROBLÈMES EN T'ENLEVANT.
MAIS BON, C'EST AUSSI UN PEU MA FAUTE.
AU LIEU DE DIRE QUE JE T'AI SAUVÉE, J'AIMERAIS QUE TU RACONTES UNE AUTRE HISTOIRE AUX GARDES ET AU PRÉSIDENT.

STOP
HEU... HEIN ?
TAC
QU'EST-CE QUI T'ARRIVE ?
QUOI... QU'EST-CE QUI TE PREND ?

POU... POURQUOI TU PLEURES ?
OUHOUHOUIN
OUHOUHOUIN
OOHOUHOUIN
J'AI ÉTÉ TROP DUR ?
JE SUIS PAS VRAIMENT EN COLÈRE...
C'EST MA FAUTE
FROT
TON VISAGE RESSEMBLE À UNE PATATE...
OH... DEPUIS QUAND C'EST AUSSI GONFLÉ ?
POUF
JE SAVAIS PAS...
OOUU OUINN
OOUU OUINN
PENDANT DES ANNÉES... OUIN... CES TYPES... HUMF... JE NE POUVAIS PAS SORTIR... MON PÈRE... OUIN... JE PENSAIS QU'IL MENTAIT... HUMF... J'ÉTAIS LEUR CIBLE... OUIN... ÇA M'ÉNERVAIT DE RESTER ENFERMÉE... OUIN... JE N'AI MÊME PAS D'AMI... HUMF...
...
FWIP
TU ESSAIES DE DIRE QUE LE PRÉSIDENT NE TE LAISSAIT PAS SORTIR PENDANT DES ANNÉES ET TU PENSAIS QUE TOUTE CETTE HISTOIRE ÉTAIT UN MENSONGE.
ET ÇA T'ÉNERVAIT D'ÊTRE ENFERMÉE ET DE NE PAS AVOIR D'AMI, C'EST ÇA ?

TAP
HÉ… AÏE !
TOUT ÇA PARCE QUE TU CROYAIS QUE C'ÉTAIT FAUX ! TOUS CES GARDES ONT TRAVAILLÉ DUR…
TU AS AGGRAVÉ LA SITUATION !
OUI… JE SUIS DÉSOLÉE…
HAAA…
J'IMAGINE QUE C'EST NORMAL APRÈS DES ANNÉES SANS SORTIR…
TU DEVAIS EN MOURIR D'ENVIE…
CE N'EST PAS UNIQUEMENT TA FAUTE.
C'EST VRAI… PENDANT DES ANNÉES, ELLE ÉTAIT COMME PRISONNIÈRE DE CETTE MAISON…
ELLE VOULAIT SIMPLEMENT SORTIR QUAND BON LUI SEMBLE.

QUAND ON DÉSIRE PROFONDÉMENT QUELQUE CHOSE…
BAM

ON NE PEUT PAS ABANDONNER SI FACILEMENT...
ZIEUT
JE LE SAIS MIEUX QUE PERSONNE.
FROT
OUIN
ALORS, FAISONS COMME ÇA.
FROT
JE TE LIBÈRE...

?
JE TE PROTÉGERAI DES PERSONNES QUI TE CHERCHENT.
J'ARRÊTERAI TOUT LE MONDE.
QUOI ?
TU POURRAS ME FAIRE SORTIR ?
OUI.
EN CONTREPARTIE, MOI AUSSI, J'AI UN SOUHAIT.
JE VEUX TROUVER L'ESPRIT DE MA MÈRE.

CRRIII 끼익
CRIII 끼익
QUOI ?
VOUS LES AVEZ
ATTRAPÉS ?
VRRF
SORS DE LÀ.
M... MONSIEUR
LE PRÉSIDENT.

SON VRAI NOM EST JONG-JIN JEONG.
IL A CHANGÉ D'IDENTITÉ POUR S'INFILTRER PARMI NOUS.
M. LE PRÉSIDENT... PAR... PARDONNEZ-MOI.
ESPÈCE D'ORDURE !
M. LE PRÉSIDENT !
LÂCHEZ-MOI ! JE VAIS LE TUER MOI-MÊME !
!!
M. LE PRÉSIDENT, IL Y A TROP DE MONDE.
JE VAIS L'AMENER AU SOUS-SOL.
DÉPÊCHEZ-VOUS !
ET CHAE-YEON ?
OÙ EST-ELLE ?
MADEMOISELLE...
ZWIP
PAPA, TOUT EST MA FAUTE...

SHLA
GNIII

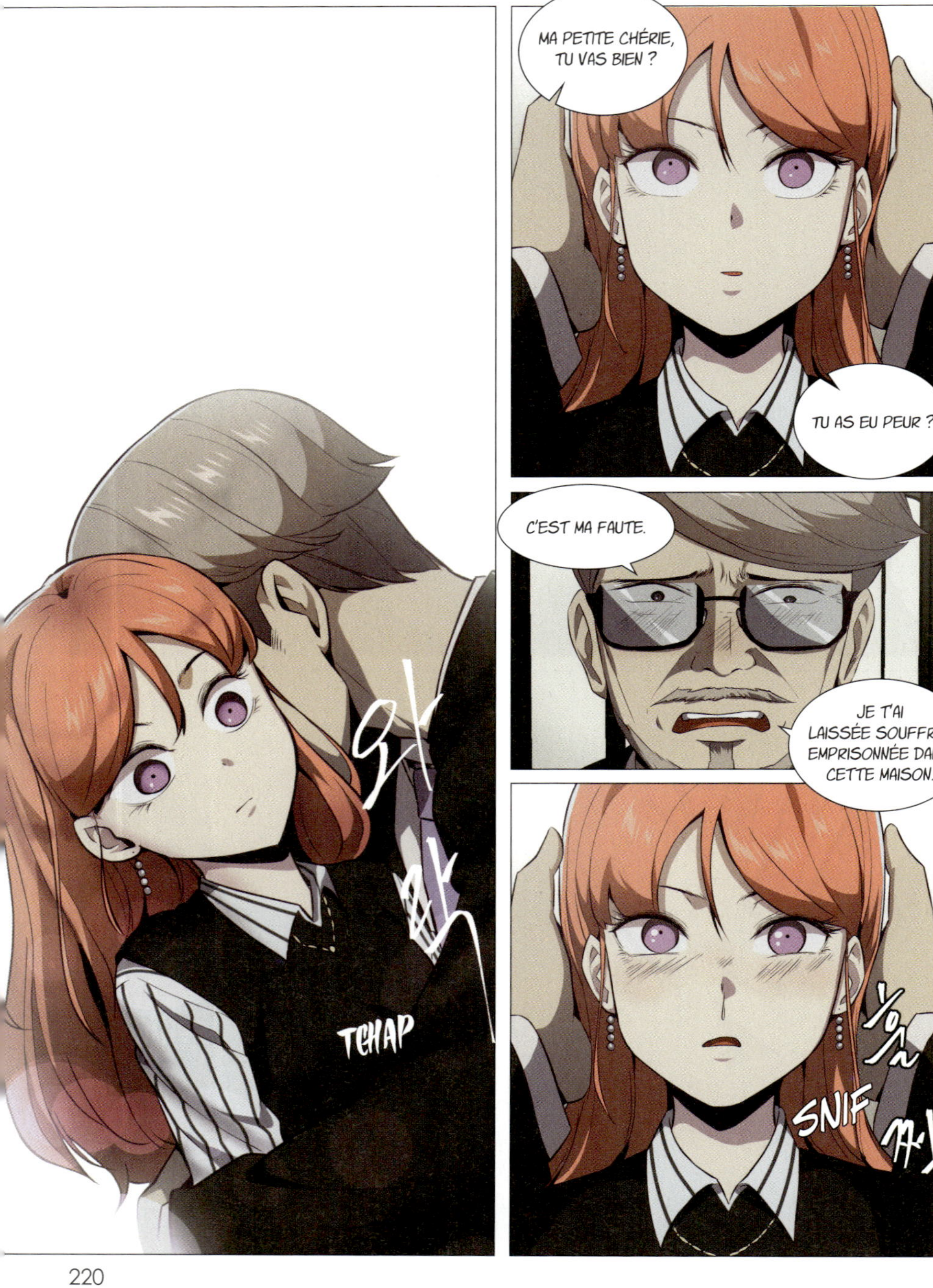
TCHAP
MA PETITE CHÉRIE, TU VAS BIEN ?
TU AS EU PEUR ?
C'EST MA FAUTE.
JE T'AI LAISSÉE SOUFFRIR, EMPRISONNÉE DANS CETTE MAISON.
SNIF

PAPA, JE SUIS DÉSOLÉE… JE T'ÉCOUTERAI À L'AVENIR !
NON, C'EST MOI QUI SUIS DÉSOLÉ.
NOM DE CODE : BLACK MAMBA
ALLÔ ?
LE PLAN DE L'INFILTRÉ A ÉCHOUÉ.
LÉZARD A ÉTÉ CAPTURÉ.
LÉZARD ? L'ESPION À L'INTÉRIEUR DU GROUPE SIAN ?
J'AVAIS PRESQUE OUBLIÉ SON NOM DE CODE TELLEMENT IL EST ININTÉRESSANT.

C'EST UN NUL.
NOM DE CODE : ANA (ANACONDA)
APRÈS TOUT CE TEMPS SUR CETTE AFFAIRE IL SE FAIT AVOIR COMME UN BLEU.
TRÈS BIEN, JE VAIS LUI RAPPORTER LA NOUVELLE.
OUVRE L'ŒIL, D'AUTRES SERPENTS SONT EN ROUTE.
D'AUTRES SERPENTS ?
À PART NOUS, IL Y EN A D'AUTRES ?
BIEN PLUS QUE TU NE L'IMAGINES.
SAXATILIS ET BLOMHOFFII SONT SOUS COUVERTURE.
DEPUIS QUAND ?
MÊME SI JE TE LE DISAIS, TU TRAVAILLES SEUL.
JE NE TE DONNERAI PAS D'INFORMATION NON PRIMORDIALE.
EN TOUT CAS...
J'AI ENTENDU DIRE QUE QUELQU'UN AIDAIT LÉZARD.
SON IDENTITÉ NE DOIT PAS FUITER.

COMPRIS.
JE GARDE L'ŒIL OUVERT ICI.
23 - NOM DE CODE

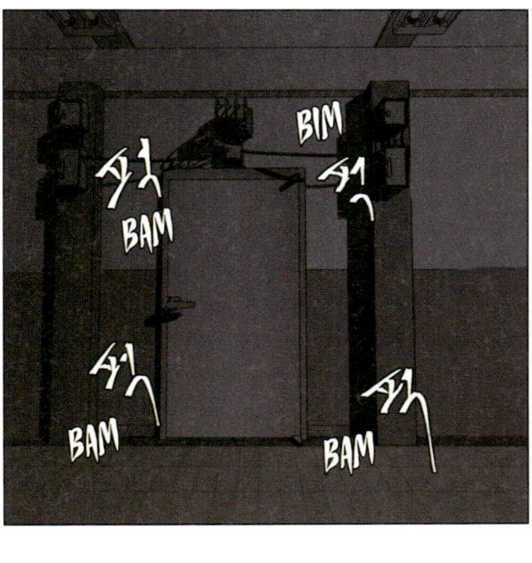
BIM
BAM
BAM
BAM

M... MONSIEUR LE PRÉSIDENT, PAR PITIÉ, ÉPARGNEZ-MOI...
BAM
BIM
BAM
BAM
BIM

DEBOUT.
BRRR
BRRR
PI... PITIÉ...
M. LE PRÉSIDENT, J'AI VÉRIFIÉ LE TÉLÉPHONE.
C'EST LUI QUI DONNAIT LES ORDRES. J'AI CONFIÉ LES AUTRES À LA POLICE.
JONG-JIN...
POURQUOI T'EN PRENDRE À MA FILLE ?
JE FAISAIS ÇA POUR L'ARGENT.
POUR QUI TU TRAVAILLES ?
JE... JE ME CONTENTAIS JUSTE DE RÉCUPÉRER L'ARGENT, JE N'EN SAIS PAS PLUS.
JE N'AI JAMAIS VU SON VISAGE, ET SES APPELS SONT TOUJOURS MASQUÉS...

M. LE PRÉSIDENT,
QUE VOULEZ-VOUS
FAIRE ?
FWIP
HUM
COMPRIS.
M... MONSIEUR
LE PRÉSIDENT.
JE... JE
VOUS AI DIT TOUT CE
QUE JE SAVAIS.
JE NE CONNAIS
VRAIMENT PAS...
BAM
BAM
BIIM
BAM
BOUM
AARGH !

BAM
BIM
BAM
BAM
ÉCARTEZ-VOUS.
VLAF
KOF
KOF
BRRR
BRRR
TA RÉPONSE DÉTERMINERA LA DATE DE TA MORT.
JE RÉPÈTE LA QUESTION, QUI COMMANDE ?
JE N'EN SAIS VRAIMENT RIEN…
JE VOUS LE JURE SUR MA VIE… S'IL VOUS PLAÎT, CROYEZ-MOI…

ARRÊTE DE MENTIR ET RÉPONDS !
POUR QUI TU BOSSES ?
RÉPONDS !
PAF
RÉPONDS !
PAF
POURQUOI TU T'EN PRENDS À MA FILLE DEPUIS TANT D'ANNÉES ? RÉPONDS-MOI !
PAF
DIS-LE, ORDURE !
SCRAC
SCRAC
AAARGH !
TAIS-TOI.
URGH...

L'ADRESSE DE TA MÈRE EST À ILSAN-GU, KOYANG-SI, KYEONGGI-DO.
FRSHH
ET TA FILLE HABITE RUE DE BANGBAECHEON, SEOCHO-GU, SÉOUL.
!!
QUE… COMMENT SAVEZ-VOUS…
CE N'EST PAS IMPORTANT.
TU DOIS JUSTE SAVOIR QUE DEPUIS QUELQUE TEMPS TU PARLES BEAUCOUP TROP.
DANS LE TEMPS, IL EXISTAIT UN CHÂTIMENT…
CONSISTANT À ATTACHER LES MEMBRES D'UN HOMME À DES CHEVAUX POUR L'ÉCARTELER.

BRRR
BRRR
BRRR
N'OUBLIE PAS, SI DES INFOS SUR LUI FUITENT AU SEIN DU GROUPE SIAN...
DONC SURVEILLE TES PAROLES.
FWIP
FWIP
BRRR
BRRR
TU NE SERAS PAS LE SEUL À ÊTRE ÉCARTELÉ...
TA FAMILLE ET TES AMIS AUSSI.
BAM
BIM
BAM
BAM
ILS L'ONT BIEN ENTRAÎNÉ...
TRÈS BIEN, FAISONS COMME ÇA.

SI TU ME DONNES SON NOM, JE GARANTIRAI TA SÉCURITÉ.
TU AURAS ASSEZ D'ARGENT POUR FUIR LE PAYS.
PEU IMPORTENT LEURS MENACES…
TU SERAS SOUS LA PROTECTION DU GROUPE SIAN.
!!
JUSTE POUR SON NOM…
LE GROUPE SIAN ME PROTÉGERA ?
SI LE GROUPE SIAN ME SOUTIENT, MA FAMILLE SERA…
SON NOM ?
CE… CE TYPE…
S'APPELLE…

MONSIEUR, NE VOUS INQUIÉTEZ PAS.
BLACK MAMBA A DÉJÀ DISCUTÉ DE CE SUJET AVEC LE LÉZARD.
IL N'Y A AUCUNE CHANCE QU'IL PARLE.
VRAIMENT ?
BIEN, J'AI CONFIANCE EN BLACK MAMBA.
SON NOM ?

JE... JE NE CONNAIS...
VRAIMENT PAS... LE NOM DE CET HOMME... ÉPARGNEZ-MOI...
C'EST... LA VÉRITÉ... CROYEZ-MOI...
BIEN !
NE LUI DONNEZ PAS UNE GOUTTE D'EAU TANT QU'IL N'AURA PAS RÉPONDU !

MADAME ANA, J'AI REÇU LA PHOTO DE L'HOMME QUI SERT D'ASSURANCE AU LÉZARD.
MONTRE-MOI.
SWIP
VOICI.
HUM... IL ME DIT QUELQUE CHOSE...
C'EST LE TYPE QUI MAÎTRISE CET ART MARTIAL BIZARRE ?
INTÉRESSANT...
TAP
TAP

MON CONTRAT ME DEMANDE DE L'AIDER S'IL EST EN DANGER...
STOP
COMMENT EST-CE QUE JE VAIS ENTRER ?
FWIP
L'HÉRITIER DU CHEONMUDO
BEOM CHOI
CHAK
FRSH
FRSH

TA
AG
HÉ !
J'AI OUBLIÉ MON BRIQUET.
FILE MOI DU FEU.
HIN
PAM

RENTRE CHEZ TOI,
TU NOUS GÊNES.
TAC

TU ES LE CHIEN
DE GARDE ?
J'AI REÇU DU FRIC POUR ÇA,
JE DOIS AU MOINS FAIRE
SEMBLANT DE TRAVAILLER.

OÙ EST LE SECRÉTAIRE CAPTURÉ ?
PUISQUE PARLER NE FONCTIONNE PAS...
JE VAIS TE TUER.
ME TUER... MOUAHAHA...
PATHÉTIQUE... TU N'AS JAMAIS ENTENDU PARLER DE BEOM CHOI DU CHEONMUDO ?
AHAH
AHAHAH
...
JAMAIS.
TAC

ALORS JE VAIS LE GRAVER SUR TES OS.
HIN
TAP
ESSAIE AUSSI D'ÉVITER Ç...
!!

BOUM
CRIIIIIIC
HOHO...
VA-T'EN.
FRSHH
FRSHH

FRSHH
FRSHH
FRSHH
IL EST FORT !
JE SUIS SÛR DE GAGNER.
FRSHH
FRSHH
FRSHH
MAIS JE NE SUIS PAS NON PLUS OBLIGÉ.
TU VEUX CONTINUER ?
NAN.
JE VIENS JUSTE DE ME RAPPELER D'UN RENDEZ-VOUS IMPORTANT.
ET SINON, C'EST QUOI TON NOM ?
APPELLE-MOI BLACK MAMBA.

BLACK MAMBA...
TAP
TAP
JE ME SOUVIENDRAI DE TOI.

24 - Vraiment ?

ALORS ? DU NOUVEAU ?
IL A UN TATOUAGE DE SERPENT SUR SON BRAS AVEC LES INITIALES LIZ.
Liz
C'EST POSSIBLE QU'IL FASSE PARTIE D'UN GROUPE.
À PART ÇA, IL NE FAIT QUE RÉPÉTER QU'IL NE SAIT RIEN.
MERDE...
BREF...
CE N'EST PAS TOI QUI AS SAUVÉ CHAE-YEON ?
NON, EN EFFET.
QUAND JE SUIS ARRIVÉ SUR PLACE, ELLE AVAIT DÉJÀ ÉTÉ SECOURUE.

MAIS ALORS, PAR QUI ?
ELLE A DIT QU'ELLE N'AVAIT PAS VU SON VISAGE...
UN NUMÉRO MASQUÉ ?!
JE NE L'AI PAS SAUVÉE...
MAIS UN NUMÉRO MASQUÉ M'A...
TOI AUSSI TU AS ÉTÉ CONTACTÉ PAR UN NUMÉRO ANONYME ?
OUI, TOUT À FAIT.
IL A JOUÉ UN GRAND RÔLE DANS CETTE OPÉRATION DE SAUVETAGE.
UN NUMÉRO MASQUÉ...
QUI EST-CE ?
VRRF
VRRF

CE CRÉTIN ?
HÉ, REGARDE ÇA.
TAP
TAP
ZIEUT
À CAUSE DE CET ABRUTI J'AI DÛ BOSSER UN JOUR DE CONGÉ...
POUR RETROUVER MADEMOISELLE, PLUS DE 10 PERSONNES ONT REÇU L'ORDRE DE REVENIR.
COMBIEN D'HOMMES ONT SUBI LES CONSÉQUENCES DES ERREURS D'UN PETIT NOUVEAU ?
TAP
QUOI ?
FWIP
JE SUIS DÉSOLÉ.

...
꽈악
GNN
POURQUOI T'AS FAIT ÇA, SI T'ES DÉSOLÉ ?
JE SUIS DÉSOLÉ.
PFIOU, CE PISTONNÉ DÉBARQUE ET VOILÀ...
LAISSE TOMBER.
VU SES CICATRICES, LE CHEF YOUNG-MAN KANG LUI A DONNÉ UNE LEÇON.
TANT MIEUX, IL L'A BIEN MÉRITÉE.
HAAA...
ILS VONT TOUS ME DÉTESTER.
힐끔
ZIEUT

JE SUIS DÉSOLÉ…
…
POURQUOI IL NE DIT RIEN ?
IL NE VEUT MÊME PLUS ME PARLER…
TSSH
AH, MERCI BEAUCOUP…
J'IMAGINE QUE TOUT LE MONDE NE ME DÉTESTE PAS.
TAP
TAP
HÉ, LE BLEU !
CETTE VOIX !
POUF
PRÉPARE TES ADIEUX.

QU... QUOI ?
UN DERNIER AU REVOIR, MEC.
VU LE GROS BAZAR QUE T'AS FOUTU, J'AI PAS PU TE COUVRIR.
ET M. LE PRÉSIDENT VEUT TE VOIR EN PRIVÉ.
JE NE PEUX PAS PARLER DES TICKETS. QU'EST-CE QUE JE PEUX FAIRE ?
TANT PIS POUR LES GARDES. MAIS POUR LE PRÉSIDENT, J'AURAIS DÛ DEMANDER À CHAE-YEON DE ME COUVRIR !
TOC TOC
M. LE PRÉSIDENT, KYEONG-HO LEE EST ARRIVÉ.
QU'IL ENTRE.

CRII
CLAC
BONJOUR, M. LE PRÉSIDENT…
FWIP
PNF
NE SOIS PAS NERVEUX.
GLOUPS
PEUT-ÊTRE QU'IL M'A FAIT VENIR POUR UNE AUTRE RAISON ?
POURQUOI CROIS-TU QUE JE T'AI ENGAGÉ ?

MERDE...
EUH... POUR ASSURER LA SÉCURITÉ...
AH OUI ?
DANS CE CAS, TU CONSIDÈRES QUE TU FAIS DU BON TRAVAIL ?
NON...
ASSURER LA SÉCURITÉ, C'EST SURVEILLER LE CLIENT, LE PROTÉGER...
ET MINIMISER LE DANGER DANS TOUTES LES SITUATIONS. C'EST LA BASE, NON ?
...
J'AI CRU COMPRENDRE QUE MA FILLE S'EST ECHAPPÉE À CAUSE DE TOI...
TU AS UNE IDÉE DE POUR QUOI JE T'AI FAIT VENIR ?
QUE FAIRE ?
JE VAIS DEVOIR DIRE LA VÉRITÉ MAINTENANT...

J'IMAGINE QUE JE N'AI PAS D'AUTRE CHOIX QUE DE PARLER DU MARCHÉ DES ENFERS.
MAIS, EST-CE QUE JE PEUX FAIRE CONFIANCE AU PRÉSIDENT ?
ET S'IL ESSAIE D'ABUSER DE MES TICKETS ?
NON… LES HUMAINS NE SONT PAS DIGNES DE CONFIANCE.
JE DOIS GARDER LE SECRET JUSQU'AU BOUT.
IL ME FAUT UNE FAUSSE EXCUSE !

POURQUOI TU NE RÉPONDS PAS ?
TU COMPRENDS CE QUE TU AS FAIT ?
JE SAIS QUE JE SUIS RESPONSABLE EN GRANDE PARTIE DE LA SITUATION.
FWIP
JE SUIS PRÊT À RECEVOIR N'IMPORTE QUELLE SANCTION.
CEPENDANT...
JE VOUDRAIS... GARDER MON RÔLE.
J'AI MES RAISONS POUR RESTER.
쾅앙
BAAM
JE T'AI DEMANDÉ DE ME DIRE CE QUE TU AS FAIT !

EH BIEN… À CAUSE DE MOI…
MADEMOISELLE A ÉTÉ KIDNAPPÉE
NON !
TU ME FAIS PASSER POUR UN IDIOT !
J'AI FAILLI RENVOYER L'HOMME QUI LUI A SAUVÉ LA VIE !
TU ES STUPIDE ?! JE TE DONNE UNE CHANCE DE T'EXPLIQUER ! POURQUOI TU NE DIS RIEN ?
POURQUOI TU NE VEUX PAS DIRE LA VÉRITÉ SUR LE SAUVETAGE DE CHAE-YEON ?
MAIS… COMMENT SAVEZ-VOUS…
TCHAC

BIP
삐익
?!
C'EST...
REC
CAM
SI JE N'AVAIS PAS REGARDÉ CETTE CAMÉRA, J'AURAIS ÉTÉ LE PLUS BÊTE DES PÈRES POUR T'AVOIR VIRÉ !
CE QUE TU AS FAIT...
C'EST ME FAIRE PASSER POUR UN IDIOT !
COMMENT IL A SU ?
C'EST MOI QUI LUI AI DIT.

?
MON PÈRE VOULAIT TE VIRER...
FWIP
AHEM
AHEM
TU ES NOTRE SAUVEUR.
TCHAP
CE SERAIT UNE ERREUR DE NE PAS LE RECONNAÎTRE.
TU COMPTAIS VRAIMENT GARDER CE SECRET JUSQU'À LA FIN ?
EH BIEN...
JE NE PEUX PAS ENCORE RÉPONDRE.

D'ACCORD, JE NE T'EN DEMANDERAI PAS PLUS, PUISQUE TU Y TIENS.
MAIS QUEL GENRE D'HOMME PEUT PROTÉGER MA FILLE EN ALLANT JUSQU'À SE METTRE EN TRAVERS D'UNE VOITURE ?
JE SUIS RECONNAISSANT JUSTE POUR TA PRÉSENCE PARMI NOUS.

DIS-MOI TON SOUHAIT ET JE LE RÉALISERAI.
QUE PUIS-JE REFUSER À NOTRE SAUVEUR ?

N'IMPORTE QUOI ?
OUI, N'IMPORTE QUOI.
DEMANDE CE QUE TU VEUX.

...
ALORS J'AI UNE REQUÊTE.
TRÈS BIEN, LAQUELLE ?
JE SOUHAITERAIS...

ACCOMPAGNER MADEMOISELLE...
?!
QUE... QUOI ?
AU LYCÉE.
QUOI ?
VRAIMENT ?

Dead
TICKET

25 - Je vais au lycée !
79GO **03
CRIII
CLAC
TAP
TAP
TAP
TAP
UN CHAUFFEUR ? ÇA DOIT ÊTRE DES RICHES.
NOUS SOMMES ARRIVÉS MADEMOISELLE, ALLEZ-Y.
CLAC
TAP
NOUS VOUS LAISSONS ICI.
NOUS REVIENDRONS APRÈS LES COURS.
BIEN.
ATTENDS-MOI !
TAP
TAP
TAP
TAP
KYEONG-HO LEE.
OUI ?

JE NE COMPRENDS TOUJOURS PAS COMMENT LE PRÉSIDENT A PU T'ACCEPTER COMME UN GARDE DU CORPS, MAIS...
OUI... D'ACCORD.
S'IL ARRIVE QUELQUE CHOSE À MADEMOISELLE...
JE TE TUERAI DE MES MAINS.
TAP TAP TAP
TAP TAP TAP
KYEONG-HO LEE...
GRÂCE À CET HOMME, PAS D'INQUIÉTUDE À AVOIR.
NOUVEAU MESSAGE
ANNULER
EXPÉDITEUR : NUMÉRO CACHÉ
KIDNAPPEURS NEUTRALISÉS LOCALISATION 142-2 PRÈS DE L'USINE DÉSAFFECTÉE
J'AMÈNE CHAE-YEON HAN EN LIEU SŪR.
QUI ÊTES-VOUS ?
C'EST UN SECRET.
PUIS-JE JUSTE CONNAÎTRE VOTRE NOM ? NOUS VOUDRIONS VOUS RÉCOMPENSER.
JE NE SAISIS PAS POURQUOI LE PRÉSIDENT T'A CONFIÉ CETTE MISSION, MAIS...

STOP
OUAH...
IL Y A TELLEMENT DE JEUNES DE MON ÂGE !
TAP
TAP
TAP
TAP

KYEONG-HO REGARDE, C'EST NOTRE LYCÉE !
JE SAIS.

JE N'EN AVAIS VU QUE DANS LES DRAMAS, C'EST INCROYABLE !
ELLE EST SI ENTHOUSIASTE.
EN MÊME TEMPS... JE PEUX COMPRENDRE.
QUELLE CHANCE QUE MON PÈRE AIT ACCEPTÉ.
AU DÉBUT, IL AVAIT DIT NON.
PRÉSIDENT, NOUS REDOUBLONS D'EFFORTS POUR TROUVER LE RESPONSABLE.
C'EST DANGEREUX D'ENVOYER MADEMOISELLE AU LYCÉE.
OUI, C'EST DANGEREUX...
MAIS...

J'Y AI BIEN RÉFLÉCHI, MAIS N'AS-TU PAS UNE AUTRE REQUÊTE ?
J'AI BESOIN DE L'AIDE DE MADEMOISELLE...
DONC JE SOUHAITE LUI RENDRE LA PAREILLE.
QUE VEUX-TU DIRE ?
J'ARRÊTERAI TOUS LES ENNEMIS RESTANTS.
QUEL RAPPORT ENTRE LA CAPTURE DES KIDNAPPEURS ET ALLER AU LYCÉE ?
J'AI CRU COMPRENDRE QUE DEPUIS DES ANNÉES VOUS AVIEZ EMBAUCHÉ DES DIZAINES DE GARDES DU CORPS POUR LA PROTÉGER.
MAIS C'EST AUSSI POUR ÇA QU'ILS SONT PLUS PRUDENTS ET QU'IL EST TRÈS DIFFICILE DE LES ATTRAPER.
DONC TU VEUX QU'ELLE SERVE D'APPÂT ?
...

NON.
J'Y AI DÉJÀ PENSÉ.
MAIS À CAUSE DE CE QU'IL VIENT DE SE PASSER, J'AI DÉCIDÉ DE NE JAMAIS FAIRE ÇA.
JE NE METTRAI PLUS JAMAIS CHAE-YEON EN DANGER.
C'EST POURTANT ARRIVÉ !
L'ENNEMI EST VENU DE L'INTÉRIEUR CETTE FOIS !
NOUS NE POUVONS PLUS ASSURER SA SÉCURITÉ DE CETTE MANIÈRE, DÉSORMAIS !
JUSQU'À QUEL ÂGE COMPTEZ-VOUS LA GARDER PRISONNIÈRE ?!
JUSQU'À SA MORT ?!
LA SITUATION ACTUELLE N'EST PAS LA BONNE SOLUTION !
BOUM
JE LE SAIS BIEN !
MAIS...
AU LYCÉE, IL Y AURA BEAUCOUP DE TÉMOINS, CE SERA DIFFICILE DE L'APPROCHER.
SI VOUS VOUS OCCUPEZ DE LA DÉPOSER ET DE VENIR LA CHERCHER, ALORS IL N'Y AURA AUCUN PROBLÈME !

ET ENSUITE...
SI ELLE A DES PROBLÈMES...
QUE COMPTES-TU FAIRE ?
JE COMPRENDS QUE VOUS SOYEZ MÉFIANT PARCE QUE JE GARDE LE SILENCE SUR LE SAUVETAGE.
FRSH
ET VOUS ME TROUVEZ SÛREMENT TROP JEUNE.
FWIP
!!
MAIS JE N'AI PAS PEUR DE MOURIR.
SI MADEMOISELLE SE RETROUVE DANS UNE SITUATION DANGEREUSE...
JE SUIS PRÊT À LA PROTÉGER AU PÉRIL DE MA VIE.

LA PROTÉGER AU PÉRIL DE SA VIE...
REC
CAM
JE VOIS BIEN QU'IL CACHE DES CHOSES, MAIS...
REC
CA
POUR LA PREMIÈRE FOIS, J'AI CONFIANCE EN LUI.
웅성 BLABLA
웅성 BLABLA
1 - 3
웅성 BLABLA
웅성 BLABLA
웅성 BLABLA
웅성 BLABLA
SILENCE !
NOUS ACCUEILLONS DEUX NOUVEAUX ÉLÈVES.
GNUP 꼼지락
GNUP 꼼지락
PRÉSENTEZ-VOUS ET ALLEZ VOUS ASSEOIR.
JE SUIS CHAE-YEON HAN ET J'AI 17 ANS.
EN... ENCHANTÉE.
MOI, C'EST KYEONG-HO LEE, SOYONS AMIS.

ON VOUS A RAJOUTÉ DEUX CHAISES ET DEUX TABLES, ALLEZ-Y.
CETTE FILLE EST UNE IDOLE ?
PSSST
PSSST
PSSST
PSSST
C'EST JUSTE LES CHEVEUX, NAN ? MOI AUSSI SANS MON CHIGNON JE SUIS UNE DÉESSE.
...
HÉ, TOI, NE T'APPROCHE PAS DE LA NOUVELLE.
POURQUOI ?
BLABLA
BLABLA
BLABLA
BLABLA
T'AS L'AIR D'UN THON À CÔTÉ D'ELLE ! HAHAHA !
T'ES TROP CON, HAHA !
T'AS JAMAIS PASSÉ DE CASTING POUR ÊTRE IDOLE ?
TA PEAU EST TELLEMENT BLANCHE, ÇA VA SUPER BIEN AVEC TES CHEVEUX !
LA COULEUR DE TES YEUX EST SI INCROYABLE ! TU UTILISES QUELLES LENTILLES ?
REGARDEZ SA PEAU, ON DIRAIT CELLE D'UN BÉBÉ ! C'EST QUOI TA ROUTINE SKIN CARE ?

SI TU CHANTES BIEN, VIENS DANS NOTRE GROUPE, TU SERAS NOTRE VISUAL ! HAHA !
NAN, ELLE DOIT FAIRE DES VLOGS. SI TU T'EN SORS BIEN, TU POURRAIS FAIRE PARTIE DES MEILLEURES !
ESSAYONS ENSEMBLE.
TROP DE QUESTIONS !
JE NE ME SOUVIENS MÊME PAS DE CE QU'ELLES M'ONT DEMANDÉ...
ELLES VONT ME DÉTESTER SI JE NE RÉPONDS PAS ?
J'AI LA TÊTE QUI TOURNE AVEC TOUT CE MONDE, ET L'ESTOMAC NOUÉ...
LE LYCÉE, C'EST TOUJOURS COMME ÇA ?
CHAE-YEON, ALLONS-Y.
LE PROFESSEUR NOUS APPELLE.
SAUVÉE...

TAP
TAP
JUN-HO LEE
HUM, CETTE IDIOTE VA M'ÊTRE UTILE.
FWIP
BRRRR
BRRRR

C'EST LA PREMIÈRE FOIS QUE JE PARLE AVEC AUTANT DE GENS.
C'EST DUR DE SE SENTIR OPPRESSÉE.
MAIS, IL N'Y A RIEN ICI.
LE PROFESSEUR NOUS A FAIT VENIR SUR LE TOIT ?
NON.
JE N'AI PAS BEAUCOUP DE TEMPS POUR RETROUVER L'ESPRIT DE MA MÈRE.
POURQUOI ?
ON NE PEUT PAS PRENDRE NOTRE TEMPS ET EN PROFITER ?
NON, ON PEUT PAS.
D'ACCORD, DE TOUTE FAÇON C'EST PAS TRÈS DRÔLE D'ÉTUDIER.
GNNN
MOI AUSSI J'AI ENVIE D'ALLER FAIRE UN TOUR !

ALORS, TU AS DÉJÀ VU UN ESPRIT COMME ELLE ?
VLAF
OUAH ! TA MÈRE EST TELLEMENT BELLE !
MAIS ELLE NE ME DIT RIEN...
ELLE EST VRAIMENT BELLE.
VRAIMENT ? TU ES SÛRE ?
POURQUOI JE MENTIRAIS ?
TU SAIS, C'EST PAS PARCE QUE JE PEUX VOIR LES ESPRITS QUE JE PEUX LES TROUVER FACILEMENT.
J'IGNORE OÙ ILS SONT ET JE NE PEUX PAS LES INVOQUER.
AH OUI ?
DANS CE CAS, PARMI COMBIEN D'ESPRITS...
NON, ATTENDS !
SI TOUS LES MORTS SE PROMÈNENT DEPUIS TOUJOURS...
ÇA VEUT DIRE QUE RIEN QU'EN CORÉE, IL Y A DES MILLIONS D'ESPRITS ?
IL N'Y EN A PAS BEAUCOUP.

IL Y A CEUX QUI AIMENT TROP CETTE TERRE, ET CEUX QUI ONT QUELQUE CHOSE À TERMINER...
À PART EUX, LES AUTRES VONT DE L'AUTRE CÔTÉ.
DONC...
ÇA PRENDRA QUAND MÊME PLUS DE TEMPS QUE PRÉVU...
AH !
POURQUOI NE PAS DEMANDER DIRECTEMENT AUX ESPRITS ?
BANG
SI ON LEUR MONTRE LA PHOTO...
OUAH, DÈS LE PREMIER JOUR, ILS SE CROIENT CHEZ EUX.
ILS SONT ENCORE EN RENCARD ALORS QUE ÇA A SONNÉ ?
LES NOUVEAUX SONT CARRÉMENT DES CANCRES ?

ON NE SORT PAS ENSEMBLE !
MOI C'EST « CANCRE » QUI PASSE PAS...
ㅋㅋㅋㅋ
HAHAHA !
ㅋㅋ
ㅋ
HAHA !
HAHAHA ! ELLE A DIT QU'ILS ÉTAIENT PAS EN COUPLE.
ㅋㅋㅋ
HAHAHA !
IMAGINE SI CE CRÉTIN Y CROYAIT.
ㅋㅋㅋㅋ
HAHAHA !
하아
AAAH...
DÉSOLÉ, ON N'AVAIT PAS VU L'HEURE.
ON VA RENTRER.

STOP
HÉHÉ ! VOUS AVIEZ DÉJÀ PRÉVU DE SÉCHER DE TOUTE FAÇON, POURQUOI TU RÉAGIS COMME ÇA ?
HÉ LA ROUQUINE, VIENS FAIRE UN TOUR AVEC NOUS.
JE TE RENDRAI RICHE.
TOI, JE TE LAISSE 10 SECONDES POUR DÉGAGER.
APRÈS ON EN FAIT UN PUNCHING-BALL ?
CARRÉMENT.
HÉ SEOK-HO LEE, J'AI VU QUE TU GÉRAIS GRAVE AU JEET KUNE DO SUR LA VIDÉO DE CE MATIN ! TESTE TON COUP DE POING SANS RECUL SUR LUI !
HAAAA

ATTENDS !
QU'EST-CE QU'ON PEUT FAIRE ?
C'EST LES CAÏDS DU LYCÉE ?!
OUI, JE PENSE.
REGARDE COMME ILS FLIPPENT ! TROP DRÔLE ! HAHA !
HAHAHA !
HAHAHA !
HAHAHA !
HAHAHA !
HAHAHA !
LES GENS VONT CROIRE QU'ON VEUT VOUS MANGER, HÉHÉ !
QU'EST-CE QU'ON FAIT ?
ILS SONT DANGEREUX, SI ÇA SE TROUVE ILS ONT DES FLINGUES ET DEALENT DE LA DROGUE ?!
HAHAHA !
HAHAHA !
HAHAHA !
NAN, QUAND MÊME PAS...
CE NE SONT QUE DES LARBINS...
C'EST QUOI CES MESSES BASSES ?
VOUS TESTEZ LES LIMITES DE MA PATIENCE ?
VOUS VOULEZ PISSER DANS VOS FROCS ?
DES LARBINS...
AH !

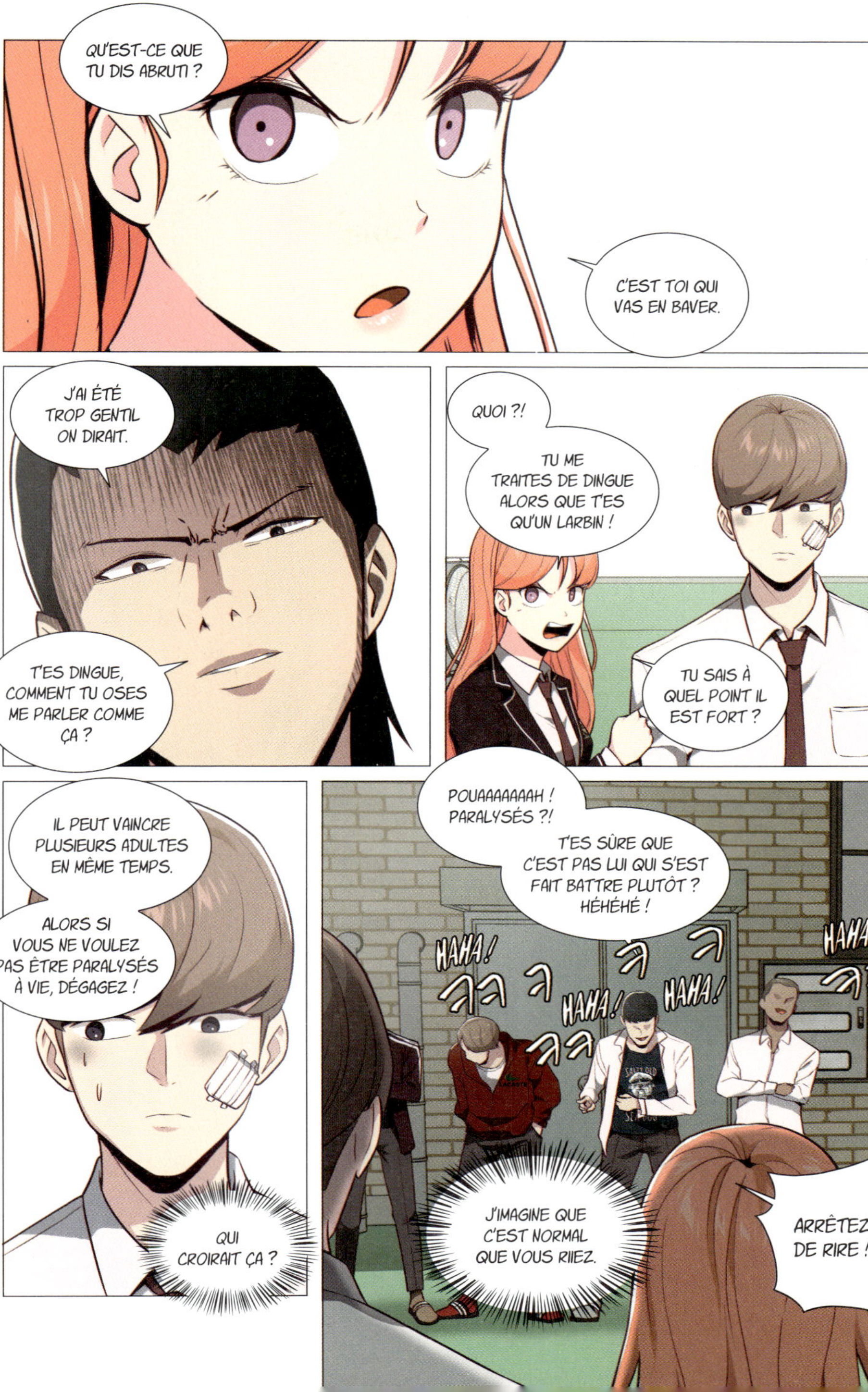
QU'EST-CE QUE TU DIS ABRUTI ?
C'EST TOI QUI VAS EN BAVER.
J'AI ÉTÉ TROP GENTIL ON DIRAIT.
T'ES DINGUE, COMMENT TU OSES ME PARLER COMME ÇA ?
QUOI ?!
TU ME TRAITES DE DINGUE ALORS QUE T'ES QU'UN LARBIN !
TU SAIS À QUEL POINT IL EST FORT ?
IL PEUT VAINCRE PLUSIEURS ADULTES EN MÊME TEMPS.
ALORS SI VOUS NE VOULEZ PAS ÊTRE PARALYSÉS À VIE, DÉGAGEZ !
QUI CROIRAIT ÇA ?
POUAAAAAAAH ! PARALYSÉS ?!
T'ES SÛRE QUE C'EST PAS LUI QUI S'EST FAIT BATTRE PLUTÔT ? HÉHÉHÉ !
HAHA !
ㅋㅋ ㅋ
HAHA !
ㅋㅋ
ㅋ ㅋ
HAHA !
HAHA !
ㅋㅋ ㅋ
J'IMAGINE QUE C'EST NORMAL QUE VOUS RIIEZ.
ARRÊTEZ DE RIRE !

TAP
저벅
저벅
TAP
TAP
저벅
VAS-Y, ESSAIE DE NOUS FRAPPER, HAHA !
TAP
저벅
저벅
TAP
ILS SE RAPPROCHENT...
SCRRCH
KYEONG-HO, FAIS QUELQUE CHOSE, VITE...
J'AI PAS ENVIE DE GASPILLER DE TICKET POUR EUX...
OUAIS, C'EST CLAIR, FAIS QUELQUE CHOSE.
HAHA !
ㅋㅋㅋ
HAHA !
ㅋㅋㅋ
SALTY OLD
SEA DOG
HAHAHA ! IL FAUT QU'ON SOIT PRÊTS, IL VA ESSAYER DE NOUS PARALYSER.

BON.
ZWUF
JE DOIS LEUR FAIRE PEUR POUR QU'ILS NOUS LAISSENT DÉFINITIVEMENT TRANQUILLES.
TCHAC
!!
TIENS-LE BIEN !
LA DERNIÈRE FOIS, UN LÂCHE S'EST DÉFENDU AVEC UN COMPAS.
SBAM
ON NE SAIT PAS CE QUE CET ABRUTI VA UTILISER.
BRRR
BRRR

MAIS ELLE, PLUS JE LA REGARDE ET PLUS JE LA TROUVE MIGNONNE.
QU'EST-CE QUE TU DIRAIS D'ALLER MANGER UNE GLACE ENSEMBLE APRÈS LES COURS ?
VAS-Y TOUT SEUL !
ET LÂCHE-MOI !
EURGH...
ARRÊTE DE T'AGITER !
CRASH
POURQUOI IL EST SI FORT ? JE NE PEUX PAS BOUGER !
JE NE VOULAIS PAS ME MONTRER SI FAIBLE FACE À EUX.

BLAM
C'EST QUOI ?
JE SUIS VENU VOUS CHERCHER. VOUS N'ÊTES PAS REVENUS EN CLASSE APRÈS LA SONNERIE...
L'AMBIANCE DE L'ÉCOLE N'EST DÉJÀ PAS GÉNIALE, N'EMPIREZ PAS LES CHOSES ET RENTREZ.
HYEON-SU PARK DÉLÉGUÉ PRINCIPAL
LES PROFS ONT DÉCIDÉ QUE LE PROCHAIN QUI POSERAIT DES PROBLÈMES SERAIT DIRECTEMENT EXCLU.

...
PLAF
ALLONS-Y.
QUOI ? LES PROFS VEULENT VIRER DES LYCÉENS ?
CE LYCÉE EST REMPLI DE MAUVAIS ÉLÈVES OU QUOI ?
C'EST VRAI, C'EST À CAUSE DE L'AUTRE CONN***...
TAP
TAP
TAP
TAISEZ-VOUS ET AVANCEZ.
VOUS DEUX, ESTIMEZ-VOUS CHANCEUX.
ET TOI LE NOUVEAU, NE ME REGARDE PLUS JAMAIS COMME ÇA.

26 - Je vais au lycée ! (2)

TU AS ENTENDU COMMENT ILS M'ONT PARLÉ ?
POURQUOI TU NE LEUR AS PAS DONNÉ UNE RACLÉE !
TU AS RÉUSSI À ATTRAPER TOUS MES KIDNAPPEURS TOUT SEUL !
CES TYPES, C'ÉTAIT DU GÂTEAU POUR TOI !
AH, MAIS ÇA M'ÉNERVE, ILS SONT SAOULANTS !
FRAPPE-LES ! FRAPPE-LES !
T'ES MON GARDE DU CORPS ALORS FRAPPE-LES !
C'EST PAS AUSSI SIMPLE QUE ÇA...
J'AI EU DE LA CHANCE.
VA LES FRAPPER !
AH... C'EST DUR DE S'OCCUPER D'UNE ENFANT GÂTÉE...
에휴
PFIOU

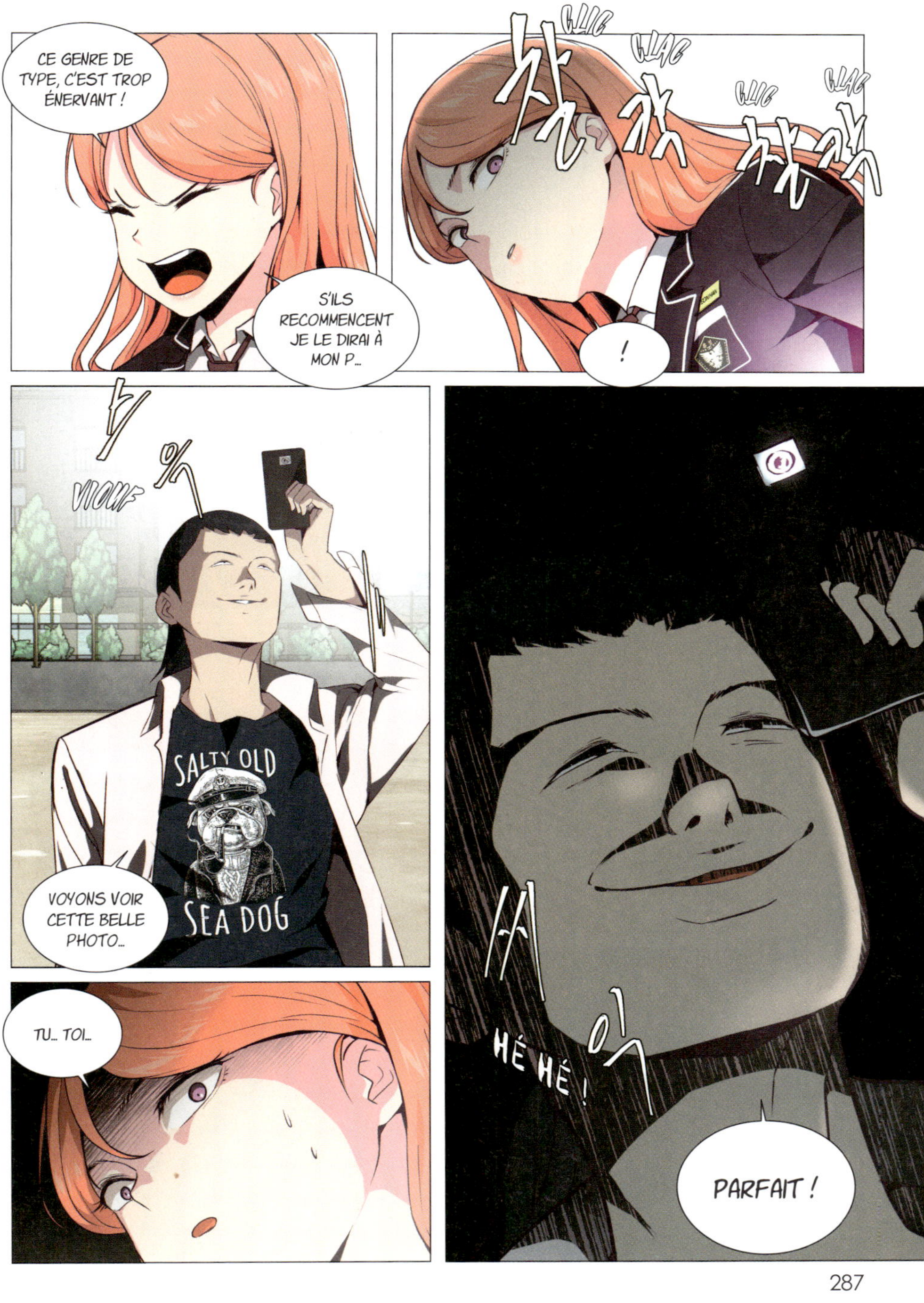
CE GENRE DE TYPE, C'EST TROP ÉNERVANT !
S'ILS RECOMMENCENT JE LE DIRAI À MON P...
CLIC
CLAC
CLIC
CLAC
!
VIOUF
VOYONS VOIR CETTE BELLE PHOTO...
SALTY OLD
SEA DOG
TU... TOI...
HÉ HÉ !
PARFAIT !

T'AS PRIS QUOI EN PHOTO ?
VLAN
DONNE-MOI TON TÉLÉPHONE.
NON. POURQUOI TU T'EN PRENDS À UN INNOCENT ?
SALTY OLD SEA DOG
C'EST JUSTE UNE PHOTO DE LA VUE.
C'EST UN CRIME DE FAIRE DES PHOTOS SANS CONSENTEMENT, EFFACE ÇA TOUT DE SUITE.
TU TE FAIS DES FILMS...
T'AS DES PREUVES ?
EFFACE ÇA !
AH, TU ME SAOULES !

MONTRE-MOI DES PREUVES.
SBLAF
AH !
EFFACE.
TU FAIS LE DUR ?
TAC
112
ENREGISTRER
ATTENDS MEC, C'ÉTAIT JUSTE UNE BLAGUE, T'AS PAS D'HUMOUR OU QUOI ?

ACCORDE-MOI UNE FAVEUR.
TCHAP
SALTY OLD
PRESQUE RIEN… JUSTE UNE PARTIE DE FOOT, HAHAHA !
POURQUOI ?
PAF
J'EFFACERAI LA PHOTO.

ESPÈCE DE...
HÉ, TU FAIS QUOI, TU VIENS PAS JOUER ?
HAHAHA !
ㅋㅋㅋ
HAHAHA !
ㅋㅋㅋ
HAHAHA !
ㅋㅋㅋ
CE MALADE, HAHA ! IL VA HUMILIER QUI AU FOOT CETTE FOIS ? HAHAHA !
J'ARRIVE, ATTENDEZ.
MINCE... IL Y A DU MONDE.
JE PEUX PAS ME CONTENTER DE LE FRAPPER POUR PRENDRE SON TÉLÉPHONE...
SI TU ES D'ACCORD, VIENS JOUER, SINON JE PARTAGE LA PHOTO ! HAHAHA !
TAP
TAP
TAP
TAP
DÉCIDE-TOI !

ON N'A PAS LE CHOIX, PRÉVENONS LA POLICE.
GNIP
ATTENDS…
TU SAIS JOUER AU FOOT ?
POURQUOI ? TU VEUX QUE JE RENTRE DANS SON JEU ?
HORS DE QUESTION, ON NE SAIT PAS CE QU'IL VEUT VRAIMENT. MIEUX VAUT LE DÉNONCER.
MAIS… SI MON PÈRE L'APPREND…
IL NE ME LAISSERA PLUS REVENIR AU LYCÉE…

...
ALORS, TU VIENS PAS ?
HAHAHA !
ㅋㅋ
HAHAHA !
ㅋㅋ
HAHAHA !
ㅋ ㅋㅋ
ON PERD DU TEMPS...
ㅋㅋㅋ
HAHAHA !
ㅋ ㅋㅋ
HAHAHA !
C'EST UN BIZUTAGE À GRANDE ÉCHELLE.
T'AS LA TROUILLE ?
BANDE D'ABRUTIS...
REGARDEZ ! LE NOUVEAU VA JOUER AU FOOT AVEC EUX.
CLAC
SÉRIEUX ?
MATEZ ÇA !

POURQUOI IL A FALLU QU'IL TOMBE SUR CETTE ORDURE, LE PAUVRE...
ILS ONT MÊME FAIT UN PARI ?
ㅋㅋㅋ HAHAHA !
HAHAHA ! ㅋㅋㅋ
HAHAHA ! ㅋㅋㅋ
ㅋㅋㅋ HAHAHA !
ㅋㅋㅋ HAHAHA !
S'IL PERD, IL VA PARTAGER QUELQUE CHOSE, HIHIHI ! JE SUIS CURIEUSE.
QUEL PARI ?
L'ÉQUIPE DE JUN-HO JOUE EN T-SHIRTS NOIRS.
CEUX EN CHEMISE SONT AVEC LE NOUVEAU, C'EST ÇA ?
MAIS, LE NOUVEAU, IL JOUE BIEN AU FOOT ?
VU L'ÉQUIPE ADVERSE, IL N'A AUCUNE CHANCE !
JUN-HO N'A PAS TENTÉ DE PASSER PRO ?
IL A PRIS TOUS LES MEILLEURS JOUEURS DE L'ÉCOLE ?
JOUER AVEC CES NULS, MON HONNEUR EN PREND UN COUP.
HAHAHA, TU PARIES SUR QUEL SCORE ?
C'EST PAS COMME S'IL ALLAIT JOUER DANS LES RÈGLES, HÉHÉ !
TU CROIS QU'ILS ONT VRAIMENT UNE CHANCE ? 10-0 SANS HÉSITER, HÉHÉ !
C'EST SÛR QU'ILS VONT JOUER SALEMENT.
HAHAHA ! ㅋㅋㅋ
C'EST UN BON CONTENU POUR STREAMER, HAHA !
HAHAHA ! ㅋㅋㅋ
HAHAHA ! ㅋㅋㅋ
ET EN TITRE, « BIZUTAGE DU PLUS FAIBLE DES NOUVEAUX ÉLÈVES ».

OH LÀ LÀ...
GRRR
On m'a dit de me connecter, j'y suis, qu'est-ce qui se passe ?
C'est Jun-Ho Lee ? Hahaha ! Ce mec avait tenté d'être pro, non ?
Même s'il a abandonné, c'est de loin le meilleur de l'école, haha !
Vous imaginez si Jun-Ho perdait, ça serait une caméra cachée super drôle.
#DRÔLE #PASDEDÉGAT #FOOT
[DIRECT] BIZUTAGE DU PLUS FAIBLE DES NOUVEAUX EN DIRECT.
12 VISIONNAGES EN COURS.
Hahahahahaha ! Jun-Ho Lee, perdre ? hahahaha même si c'est un fumier tu peux pas nier son talent lol.
JE SUIS DÉSOLÉ, JE VEUX JUSTE T'EMPRUNTER LA ROUQUINE PENDANT UN TEMPS.
MAIS T'ES TROP ÉNERVANT, HÉHÉ !
ET C'EST PAS CONSIDÉRÉ COMME UNE BASTON SI ON SE FAIT MAL ICI.
DONC NE VIENS PAS PLEURER SI TU TE CASSES QUELQUE CHOSE, HAHA !
VRAIMENT ?
ALORS JE VAIS FAIRE DE MON MIEUX.
HÉHÉ !
TRIIIIIT

HERO TICKET
À SUIVRE...

DANS LE PROCHAIN VOLUME
N'Y PENSE MÊME PAS !
RENVERSONS LA BALANCE AVEC CE BUT !
L'INTÉGRATION AU LYCÉE EST PLUS DIFFICILE QUE PRÉVU POUR CHAE-YON ET KYEONG-HO.
ET ÇA COMMENCE PAR UN MATCH DE FOOT SOUS HAUTE TENSION !
IL N'Y A PAS DE « NOUS » QUI TIENNE.
À PARTIR DE MAINTENANT, TA PLACE EST LÀ-BAS, D'ACCORD ?
J'AI ENCORE QUELQUE CHOSE À TE DIRE.
LES FAUX-SEMBLANTS SONT PARTOUT...
ACCORDER SA CONFIANCE TROP VITE
POURRAIT ÊTRE LA PIRE DES ERREURS !

KYEONG-HO SAURA-T-IL PROTÉGER CHAE-YON ET SON RÊVE, FACE AUX MENACES QUI SE MULTIPLIENT ?

TOME 3
BIENTÔT DISPONIBLE !

Prochainement dans *Hero Ticket*...

JEUNE COLLÉGIENNE PROTEST
LUIE BATTANTE.
S'IL VOUS PLAIT, RÉOUVREZ L'ENQUÊTE SUR L'ACCIDENT INJUSTE DE MA SOEUR.
HEE-YEON LEE (17 ANS), S'EST SUICIDÉE
EN SAUTANT DU TOIT.
HEE-JU LEE (14 ANS)
SEULE DEVANT LA STATION DE POLICE *** À SÉOUL LE
ÉOUVERTURE DE L'ENQUÊTE SUR LA MORT DE SA
WEB TOON
Téléchargez l'application WEBTOON
pour découvrir la suite de
Hero Ticket !

Hero Ticket

Based on the webcomic series "Hero Ticket" created by Ryu and edited by WEBTOON

Éditions Michel Lafon, 2024, pour l'édition française
14 boulevard de la Madeleine
75008 Paris
www.michel-lafon.com

Supervision éditoriale : Yann Raynal
Lettrage et maquette : Nord Compo
Fabrication : Christian Toanen et Nikola Savic

Imprimé en UE
Dépôt légal : Juin 2024
ISBN : 978-2-7499-5651-0
LAF : 3454 B